이번 주말에는
당신을 만나야지

이번 주말에는
당신을 만나야지

민다코사

Prologue

저는 마음을 전하는 일이 늘 서툴러서 입으로 내뱉으면 조금 낯간지럽게 느껴지던 말들을 활자로 적어두고 혼자 간직하는 버릇이 있었는데, 어느덧 그 글들이 모여 한 권의 책이 되었네요. 이상하지요. 익명의 사람들에게 활자로 전해지는 마음은 전혀 이상하지 않은데, 가끔 내 사람에게는 그 작은 진심 하나 전하는 게 너무 쑥스럽더라고요. 소위 말하는 오글거리는 기분 있잖아요. 혹시 이런 기분 저만 느끼는 건가요?

어쩌면 그런 영향도 있는 것 같아요. 저는 항상 명료하고 담백한 사람이 되고 싶었거든요. 그 덕에 마음에 숨겨온 말들도 너무 많았던 것 같아요. 감정은 하나같이 달고 짜고 맵고 쓰게만 느껴졌거든요. 근데 또 지나고 보니 그런 맛들이 적당히는 있어야 담백한 맛이 나는 거 있죠? 그저 완급조절이 필요할 뿐이었던 거예요. 처음부터 익숙한 사람이 어딨겠어요. 하물며 음식도 라면에 물 조절 하나 못하던 때도 있었는걸요. 하다 보면 내 입맛에 맞아가고 때로는 상대의 입맛에 맞춰도 보고 그러면서 요령도 늘어가는 것이지요.

이 책을 다 읽을 즈음엔 담아뒀던 낯간지러운 진심을 전해보는 것은 어떨까요? 말이 어려우면 편지도 좋고요. 사랑이 아니어도 좋아요. 그냥 진심이요. 고마운 마음, 미안한 마음 그 어떤 마음도 좋아요.

아, 상대가 당신의 마음을 맛볼 준비가 되어있는지는 확인하세요. 배가 너무 부를 수도 있으니까요.

Contents

Part.1 더는 나를 사랑하지 않는 당신에게

보고싶긴 한데, 그래 / 그래도 나는 너를 믿을래 / 너의 말에는 그렇게 사랑이 없었다 / 너를 보내고도 잘 지낼 수 있을까? / 연애의 끝에 남아있는 건 / 사실 나는 이별하는 중에 있었어 / 네가 어떤 사람이라도 나는 너를 사랑했을 거야 / 너를 보낼 타이밍이 된 것 같아 / 넌 언제인지도 몰랐을거야 / 그냥 그 한 마디 면 끝일 사이잖아 / 있기는 한 걸까 / 그저 이별일 뿐이야

Part.2 좋은 기억으로 남았으면 해

이런 거 보내지 말라고 / 혹시라도 너일까 봐 / 내가 잠들지 못하는 것은 말이야 / 네 생각이 났어 / 정말 괜찮다고 할 수 있을까 / 네가 남긴 마음 / 안녕, 너를 사랑하던 때의 나 / 당신의 곁에 있나요? / 그렇게 지나간 연애 / 어느새 잊어버렸어 너도 그 마음도 / 가끔은 정리도 필요한가봐 / 결국 보통의 사람, 보통의 연애 / 고마웠더라, 우리의 시간들 / 그 길 어딘가에서 만나자 / 어쩌면 연애의 계절도 돌아오겠지요 / 외롭지 않아도 함께 있고 싶은 사람을 만나고 싶어 / 내 마음이 그래 / 마음을 지피는 일이 그래요

Part.3 다시 사랑할 수 있을 테니까

새로운 관계를 시작하려는 당신에게 / 그냥 좋아 / 당신, 그거 좋아해요? / 우리는 사랑일까? / 그러니까 내가 너를 위해 할 수 있는 건 말이야 / 어쩌면 네가 좋아진 것일지도 모르겠다 / 궁금해서 그래 / 당신의 것이라면 달게 받겠어요 / 당신을 이야기해주세요 / 착각일 수도 있지만 / 그렇게도 사랑을 시작하나 봐 / 말하자면 네가 좋아 / 네가 좋아하는 것들을 이야기하고 싶어 / 우리만의 언어가 있으면 좋겠어 / 나만 알고싶어 / 그런 사람이 좋더라 / 더욱 더 얘기해줘요 / 너와 함께라면 무엇이든 어디든 / 네가 나의 태양이야 / 안아줄게 / 항상 고마운 당신에게 / 이런 얘기를 하는 우리가 좋아 / 그래도 너를 사랑해 / 편한 네가 나는 좋아 / 정말 사랑이었으면 좋겠어 / 교집합 / 솔직하게 말해줘요 / 당신의 대화법

이번 주말에는 당신을 만나야지

mindacosa

아...

보고 싶긴
한데

바빴겠지

점심 먹었을까?

더는 나를
사랑하지 않는 당신에게

...

내 생각은

할까?

안하겠지.

더는 나를
사랑하지 않는 당신에게

그래, 보고 싶긴 한데

사랑이라 생각했어. 네가 없는 순간에는 항상 너를 생각했거든. 너는 부재중인데도 나의 시간은 계속 너의 연속이었어. 네가 내 눈 안에 담기지 못하는 순간에는 항상 코끝 언저리에서 재채기처럼 맴돌아 나를 시큰거리게 만들어. 지금은 무얼 하고 있을까, 오늘 점심은 무엇을 먹었을까, 너는 무슨 생각을 하고 있을까. 끝끝내 하고 마는 마지막 질문, 내 생각을 하고는 있는 것일까. 아니 내 생각을 하고 있다면 너는 이미 나에게 질문을 던졌겠지. 너는 그냥 내가 그다지 궁금하지 않은 거겠지. 그런 생각이 들면 나는 좀 슬퍼. 혼자만의 생각에 슬퍼하지 않겠노라 다짐했는데 너에게만큼은 그게 잘 안 돼. '네가 뭐라고' 싶다가도 너만 나를 궁금해해준다면 나는 정말 행복할 것만 같은데. 결국, 발걸음을 옮기는 건 나구나. 그래 다가가는 것은 내 몫이어도 좋아. 내가 다가갈 테니 달아나지만 말아줘. 혹시라도 조금 더디더라도 보채지 말아 줘. 그냥 내 사랑 이어만 줘.

더는 나를
사랑하지 않는 당신에게

너로 인해 불편하던 마음이 네 목소리, 네 눈빛 하나에 녹아버리는 마법 같은 일. 바보 같은 일이지만 아직은 이 바보짓이 좋은 항상 '을'인 나. 갑질하는 이는 없는데 나는 관계에 있어 항상 '을'을 자처한다.

더는 나를
사랑하지 않는 당신에게

그래도 나는 너를 믿을래

'나는 사람을 더 이상 못 믿겠어.'라고 네가 말했어. 너무 많은 이들에게 배신당하고 상처 입었다고 하였지. 그 어떤 누구보다 맑은 눈을 하고서 너만 믿고 싶은 나를 앞에 두고 그렇게 말했어. 어떤 사람들을 거쳤기에 네가 그런 말을 하게 된 것인지 나는 묻지 않았어.

어쩌면 나는 또 많은 시간을 그렇게 보내게 될 것 같아. 너를 제멋대로 믿은 죄로 많이 상처 입고, 많이 스러지며 보낼지도 모르지. 내가 세상에 믿은 건 너 하나뿐이었는데. 그러니 믿음에 뒤따르는 것들이 배신과 실망뿐이라면 나는 좀 서글플 것 같아. 부디 내게서 더 이상 믿지 못한다는 그 말을 거두어 줘. 믿음을 그렇게 보잘것없는 것으로 만들지 말아 줘.

야

너는 나
왜 만나?

엥

뭐냐.

더는 나를
사랑하지 않는 당신에게

무슨
둥딴지같은
소리야?

왜
안하던
소리를 해.

뭐?

너야말로
예전엔
안이랬어.

더는 나를
사랑하지 않는 당신에게

더는 나를
사랑하지 않는 당신에게

더는 나를
사랑하지 않는 당신에게

너의 말에는
그렇게 사랑이 없었다

　엄밀히 말하자면 그것은 사랑이 아니었다. 너는 내게 사랑이라 하였지만, 말로써 사랑이라고 내뱉는다고 하여 그것이 모두 사랑이 되는 것은 아니다. 너는 때때로 내게 좋은 사람이었다. 눈에 보이게 잘해주었다고도 할 수 있다. 그러나 너의 애정에는 눈에는 보이지 않는 것이 따르지 않았다. 너의 애정은 화려했지만, 그것에는 맛도 향기도 느껴지지 않았다. 애정에는 많은 것들이 뒤따른다. 관심, 인내, 이해, 그리고 조율, 때로는 포기 그런 것들이 동반된다. 그렇다고 해서 포기만 하는 사랑은 금세 시들어버린다. 발맞춰 나가자 약속했던 사랑은 약속과 함께 시들어갔다. 너는 그것이 너의 방식이고 어쩔 수 없다고 하였지만, 돌아보면 그것은 방식의 문제가 아니었다. 내가 사랑을 정의할 수는 없겠지만, 아무리 생각해도 그것은 사랑이라 할 수가 없다. 너는 그저, 나를 사랑하지 않았을 뿐이다. 너의 그것이 사랑이라 애써 믿는 것을 포기하기까지, 너무 돌아왔다. 행복하라고는 안 할게.

그러니까, 내가 질릴 때까지 너 뭐했냐고.

더는 나를
사랑하지 않는 당신에게

너를 보내고도
잘 지낼 수 있을까?

　네가 알아줬으면 좋겠어. 너는 나의 기준으로 보았을 때 어쩌면 옳지 못한 사람이었지만, 어느 누군가에게는 두 손 가득 완벽한 사람이었을 거야. 나는 그게 여전히 어려워. 그런 거 있잖아. 어떤 누군가는 서로의 얼굴이 닮아서, 취미가 같아서, 말이 잘 통해서 인연이 되기도 하지만, 또 누군가는 내가 가지지 못한 것을 가져서, 내 결핍을 채워줄 수 있어서 사랑하게 되기도 하고. 0.02초 만에 사랑에 빠지기도 하지만, 어떤 이를 사랑할 때는 한참을 알던 그가 문득 달리 보이고 사랑에 서서히 물들어가기도 해. 어떤 게 정답인지는 어떻게 하면 알 수 있을까? 있잖아. 너와 나 사이에 흐르는 시간은, 우리가 다져간 이야기들은, 사랑이라는 마음은, 그 누구도 모두에게 똑같이 대입할 수 있는 공식을 세울 수 없는 것이라고 생각해. 우리의 사랑은 실패했지만, 너의 사랑이 실패한 것도 나의 사랑이 실패한 것도 아니야. 우리 많이 실패하고, 많이 넘어지자. 그리고 그러다 보면 함께 걸어갈 누군가를 만날지도 몰라. 그리고 또 어쩌면 많은 길을 돌아 다시 만나면 또 다를지도 모르지. 너를 많이 좋아했고, 알고 보면 너도 좋은 면이 많은 아이야.

더는 나를
사랑하지 않는 당신에게

너는 멀어져 갔고, 이별은 가까워 왔지.

더는 나를
사랑하지 않는 당신에게

보고싶긴한데

더는 나를
사랑하지 않는 당신에게

게으른 나 만큼이나 게으른 내 마음은
지각하기 일쑤였고,
시간은 나를 기다릴 만큼
관대하지 않았다.

더는 나를
사랑하지 않는 당신에게

무!? 예인?

내가 똑같이 그래도 그깟이라고 할 수 있니?

...

더는 나를
사랑하지 않는 당신에게

연애의 끝에
남아있는 건

　　우리의 연애가 끝났다는 것은 내게 있어서 이를테면 전쟁의 종식과 같은 것이었다. 욕심으로 시작된 연애의 끝이란 원래 그런 것일까. 아마 나는 너에게 하루 열두 번은 더 섭섭했고, 화가 났으며, 너를 믿지 못해 불안했다. 마음의 틈을 파고드는 악은 늘 소리 소문 없이 찾아왔고, 그런 틈을 주지 않기 위해 나는 늘 긴장 상태였다. 그때의 나는 너의 마음에 확신이 없던 것인지, 나 스스로 자신이 없던 것인지 네가 혹여라도 다른 사람과 눈빛을 주고받으면 질투에 휩싸여 불같이 화를 내곤 했다. 그런 나를 너는 이해하지 못했고, 서로에게 못된 말만 쏟아냈다. 그것이 내 사랑이었노라고 스스로 합리화하고 있었다. 사실 난 그때의 마음이 너무나 불같았기에 헤어져 버리면 내 마음이 피폐해질 것 같아 두려웠다. 그래서 너를 붙잡고 가지 말라고 애원했나 보다. 지금은 내가 그때 왜 그랬나 싶을 정도로 잘 살고 있다. 전쟁이 끝나면 황폐한 세상만이 남아있는 것 같지만, 차츰 안정을 찾고 나면 모두가 한마음으로 전쟁이 끝나서 다행이라고 한다. 전후가 두려워서 전쟁을 못 끝내면 남은 마음마저 황폐해질 뿐이었다. 이젠 정말 안녕.

더는 나를
사랑하지 않는 당신에게

데려다준대도.

야.

헤어지는 마당에
네 도움 받고싶지도 않고
니 얼굴 안보고 싶으니까
적당히 꺼져라.

더는 나를
사랑하지 않는 당신에게

사실 나는
이별하는 중에 있었어

너를 만나서 웃는 동안에도, 네가 나에게 모진 말을 남기고 떠나 혼자 눈물을 훔칠 때도, 네가 나에게 와서 투정부릴 때에도, 너에게 안겨 사랑한다고 말하는 그 순간에도, 혼자 남겨진 순간에는 더더욱 나는 이별하고 있었어.

사랑만으로는 이어나갈 수 없는 것들이 세상에는 너무나도 많았고, 그럼에도 불구하고 너의 눈을 보고 있노라면 나는 그 한마디를 꺼내는 것이 어려워서, 그래도 다시 한 번 사랑으로 이겨낼 수 있을 것만 같아서 늘 이별을 미뤄왔어. 하지만 마음 어귀에서 노을이 시작되면 빛은 서서히 무너지고 결국 쌀쌀한 어둠이 찾아올 때, 그때는 말하게 되겠지. 나는 이별하는 중에 서 있어. 웃음 속에서도 이 웃음 없이도 행복할 수 있을까, 더 이상 너의 모진 말을 듣지 않으면 울지 않게 될까, 너에게 사랑을 속삭이지 못하여도 나는 정말 괜찮을까.

어둠이 내려 밤이 찾아오면, 내 사랑은 산산이 부서져 별빛이 되어 내릴 거야. 베일 것 같이 날카로운 잔빛이 밤하늘 가득 수 놓이겠지. 언젠가 그 또한 지난 사랑의 흔적이라 말할 수 있겠지. 또 그 언젠가 그 작은 별들도 새로운 아침에 가려질 날이 오겠지. 그러니까 우리 그만하자.

더는 나를
사랑하지 않는 당신에게

51

네가 어떤 사람이라도
나는 너를 사랑했을 거야

　예전에 그런 글을 본 기억이 있다. 정말 무서운 사람은 대개 당신에게 양보하고 화내지 않으며 당신이 선을 넘는 순간 당신을 돌아서는 사람이라고, 그때는 그것이 마냥 정말 무서운 사람이고 어딘가 멋져 보였다. 그래서 그렇게 살고 싶던 적도 있었다. 어떤 이는 싸우는 것이 싫어 양보하는 편이라는 말을 하기도 하였다. 또 어떤 이에게 싸움이란 관계의 끝을 의미한다는 얘기를 들은 적도 있다. 문제가 있을 때 싸우지 않고 무조건 상대를 받아주는 것이 절대적인 배려는 아니다. 너무 당연하게도 너와 내가 항상 같은 가치관 같은 사고방식을 가질 수는 없다.

　우리가 만나기까지의 시간 속에 얼마나 다른 인생을 살아왔는가. 이해할 수 없는 행동이 있다면 이야기하고, 정말로 이해하기 위해 노력하고, 혹은 고치려 노력하고, 나의 것을 드러내고, 그러면서 맞춰가는 것이 우리 사이가 더 좋은 관계가 되어 가는 방법이라고 적어도 나는 그렇게 믿는다. 상대에게 고치기 위해 노력할 기회나 자신을 이해시킬 기회조차 주지 않고 혼자 담아두다가 혼자 폭발시키고 떠나가는 것은 절대 관계에 있어 좋은 사람이 아니다. 물론 다름의 중심을 찾아가는 것이 쉬운 일은 아니다.

우리네는 모두 다 다른 모양의 퍼즐 같은 인생을 살고, 정말 나랑 꼭 맞는 쌍의 퍼즐을 찾기란 쉽지 않다. 그러나 가끔은 안 맞는 것처럼 보이던 퍼즐도 이리저리 돌려보면 아귀가 맞기도 하며, 정말 어떤 때는 안 맞는 퍼즐 둘이 만났는데도 그림이 되기도 한다. 사랑하는 마음만으로 되는 것은 없지만, 사랑하는 마음으로 극복한 것은 때론 기적이 되기도 한다.

미안.

더는 나를
사랑하지 않는 당신에게

너를 보낼
타이밍이 된 것 같아

인생은 타이밍이라는 말이 있다. 누군가와 사랑에 빠지기 위해서도 타이밍은 중요하다. 때로는 너무 성급해 설익은 마음을 내어줬다가 쓴소리를 듣기도 하고, 어떤 때에는 너무 늦어 놓쳐버려 후회하는 마음도 있다.

그리고 사랑에 빠지는 것만큼이나 어려운 것이 이별의 타이밍인 것 같다. 우리는 가끔은 겉이 그을린 고기처럼 해가 될 것을 알면서도 삼키기도 하고, 때때로 아니라 여겼던 이를 다시 찾기도 한다. 어떤 이는 나쁜 사람이 되기 싫어 그 순간의 선택을 상대에게 미루기도 하고, 또 누군가는 너무 쉽게 자주 이별을 들먹인다.

이별의 타이밍이란 무엇일까. 너와 느끼던 행복은 아무리 사소해도 늘한가득이었다고 생각했는데, 더는 아무리 새로운 것을 해도 모자란다고 느낀다면 그것이 이별의 타이밍일까. 아니면 너에게 보이던 이해할 수 있던 단점들이 더는 용서할 수 없다고 느껴지면 그것이 이별의 타이밍일까. 그러다 정말 너에게서 아무런 기쁨도 슬픔도 느끼지 못하게 되면, 그땐 어쩌면 너무 늦어 서로를 갉아먹는 건 아닐까. 만약 좋은 타이밍이라는 게 있다면, 나는 너를 조금 덜 아파할 수 있을까.

더는 나를
사랑하지 않는 당신에게

엥
언제 죽었지?

넌 언제인지도
몰랐을 거야

　너를 정리한 순간이 언제인지 알아? 매 순간이었어. 너와 만나 10에서 20, 30, 우리의 애정을 키워갈 줄 알았던 마음이 알고 보니 100에서 시작해 98, 96, 점점 줄어가더니 어느덧 0에 다다랐어. 나는 너를 별로 사랑하지 않았던 걸까? 아니야. 난 그냥 네 무심함에 진절머리가 난 거야. 어쩌다 시간 날 때 주는 네 관심이나 애정에 기뻐하던 때도 있었는데, 나도 사람이잖아. 결국, 너는 그 정도의 애정이고, 우리는 함께 끓어오를 수 없는 사이라는 것을 깨달은 나는 점점 모르는 새 너를 정리했더라. 그리고 나니 나도 우리 관계에 힘을 들이고 감정을 쏟아붓는 일이 무의미해졌어. 네 탓을 하는 건 아니야. 그저 너에게 있어서 나는 그 정도 존재였을 뿐이고, 나는 그런 너의 마음이 달아오르는 걸 기다릴 자신이 없었을 뿐이야. 언제가 될지도 모르는 그 시간을. 내가 가장 슬픈 건, 너와의 관계가 시작하지 않았으면 좋았을 관계로 기억되는 거야. (너와의 관계가 시작하지도 않았으면 좋았을 관계로 기억될 것 같아서 너무 슬퍼.)다른 사람에게는 그러지 않았으면 좋겠어. 너 같은 사람 만나 된통 당했으면 하는 마음까진 안 바랄게. 앞으로 네 얼굴 보는 일이 없었으면 해.

더는 나를
사랑하지 않는 당신에게

그냥 그 한 마디면
끝일 사이잖아

어쩌면 그럴지도 모른다는 생각을 했어. 네가 떠나도 생각보다 슬프지 않을 것만 같아. 물론 내 생각보다 허무할지도 모르지. 실패한 관계가 대개 그렇듯 속상하고 슬퍼서 며칠을 눈물 훔칠지도 몰라. 그러나 만일 눈물을 흘린다면 그건 네가 그리워서가 아닐 거야. 네게 남은 미련 같은 것은 없거든. 우리는 나름대로 그 안에서 최선을 다했다고 생각하니까. 그저 내가, 우리가 잘 해내지 못한 이 관계에 대한 속상함일 뿐일 거야. 너를 애써 잡고 우리 관계를 돌려보려 노력하지 않을 거야. 또 운이 좋다면 그 뒤로 우연히 너를 만날 일이 있어도 가슴 한편이 아리거나 불편한 마음 없이 웃으며 지나갈 수 있을지도 모르지. 내 이런 말들에 오해하는 일은 없었으면 좋겠어. 지금 내 마음이 이렇다고 해서 너를 사랑했던 그 모든 시간이 거짓이 되는 것은 아니야. 너를 참말로 사랑했었어. 우리의 관계가 어떤 형태로 끝이 났든 간에 네 곁이 있던 그 시간은 그저 그 시간 속에 똑같은 자리에 남아있을 뿐이야. 그냥 그 어느 날의 따뜻했던 마음인 채로. 그저 우리의 마음이 지금은 그때와 같은 것이 아닐 뿐이야. 인연은 머무르기도 하고 흐르기도 하는 것이라 지금은 흘러가버렸을 뿐이지. 그러니까 우리를 다시 되돌리고 싶단 건 아니야. 알지?

더는 나를
사랑하지 않는 당신에게

헛헛하다. 연애하고 있어도 외롭고, 연애가 끝이 나는 날엔 가슴속에 큰 구멍이라도 난 것처럼 공허하다. 열과 성을 다하지 못했을 때의 연애는 대 개 그랬던 것 같다.

있기는 한 걸까

현재의 행복에 충실한 연애를 하기엔 미래가 불안정하고 신경 쓸 것이 많다. 그렇다고 '함께'를 꿈꾸며 미래를 그려가기에는 확신하지 못하는 것이 많으며, 이젠 좋아한다는 그 하나만으로 미래를 이야기하는 법조차 잊었다. 이렇게 '함께'를 그려가지 않는 연애에 열정을 바치기엔 또 생각이 많다. 손가락 틈 사이로 스쳐 가는 것만 같은 아직은 청춘이라 부를 수 있는 것들이 죄 아깝기만 하다.

아, 인생의 기가 막힌 타이밍이라는 게 대체 오기는 오는 걸까.

아니, 있기는 한걸까.

더는 나를
사랑하지 않는 당신에게

우리 그만하자.

소리 지르지
말구.

내 할말은 그게 다야,
그냥 그뿐이야.

그저 이별일 뿐이야

　　정말 마음 깊이 좋아한다고 생각하던 사람이 있었다. 이를테면 '인연' 같은 게 아닐까 하고 생각한 그런 사람이었다. 우리가 헤어지게 되더라도 언젠가 다시 만나지 않을까 하는 생각이 들 정도로. '이전'의 것들과 다른 처음 느껴본 감정도 너무나도 많았고, 그 감정들은 늘 아름답지만은 않았는데 그마저도 사랑스럽고, '그럼에도 불구하고' 사랑한다고 생각했다. 하지만 이별의 마음이라는 것은 의외로 소리 소문 없이 오는 것이었다. 언젠가 정리하게 되리라고는 생각하였지만 이런 부류의 마음이리라고는 생각지도 못했던 것 같다. 그동안의 그를 향한 내 마음이 너무 애달팠는지 혹은 나도 모르는 사이 차근차근 정리해온 것인지 아무런 영문도 모른 채 나는 그 사람에 대해 담담해져 있었다. 이별의 순간이 서글펐던 것은 열심히 가꿔 왔음에도 잘 맺어지지 못한 관계에 대해 속상함과 스스로에 대한 실망감이었다. 사실 상대에게는 더 이상 어떠한 기대도 않게 되었으며, 그에 따른 실망도 크지 않았다. 무슨 일이 있는 것이냐고, 무슨 안 좋은 일이 있는 것은 아니냐고 물어오는 이에게 나는 솔직할 수 없었다. 어쩌면 순간의 마음이고, 이미 잘 이겨낸 것들인데 '이 또한 지나가리라' 생각했는지도 모르겠다. 하지만 결국 마음은 그저 그렇게 정리되었다. 정말 많이 좋아했는데, 영문도 모른 채 마음 밖으로 그를 내몬 뒤 나는 또다시 누군가를 사랑할 수 있을지 또 이렇게 식어버리는 것은 아닌지 자신에게 너무나 실망하고 겁이 났다. 언젠가 까맣게 잊고 또 누군가를 사랑할 날이 올까.

Part. 2

좋은 기억으로
남았으면 해

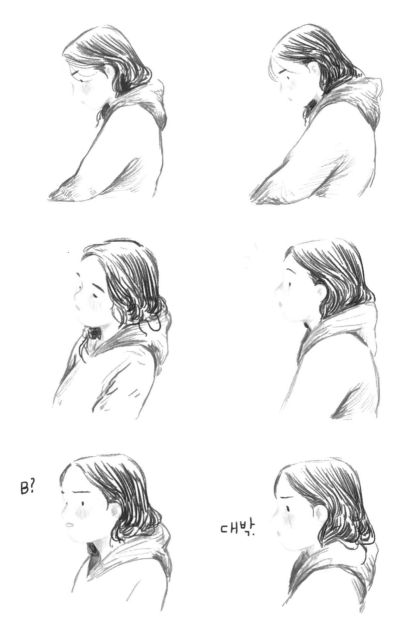

B?

대박.

좋은 기억으로
남았으면 해

헤어진지
얼마나 됐다고
여자야?

아 씨
예쁘던데...

못봤겠지?

꼭
이럴때
지나가.

좋은 기억으로
남았으면 해

헐
여자친구
맞네.

와,
이런거 세상
싫어하던 애가.

짜증나.

좋은 기억으로
남았으면 해

헐..

HI

Add Friend   Block

재수 없으니까
이런 거
보내지 말라고오

이런 거
보내지 말라고

'잘 지냈어? 사과하고 싶어서.'

잘 확인하지 않던 메시지를 그 날은 무슨 연유로 그렇게나 정리를 하고 싶던 것인지. 그러다 발견한 그 메시지를 보는 마음은 울컥하고 뜨거운 것이 아니라, 놀랄 정도로 시렸다. 잊으려 노력하고 지냈던 상처와 불쾌한 감정들이 산산이 쏟아져내렸고, 그냥 말하고 싶더라. 내가 잘 지내든 잘 지내지 못하든 궁금해하지 않았으면 한다고. 그리고 내가 당신에게 직접 말하고 싶지 않은 나의 근황을 내 주변인에게도 묻지 말아 달라고. 간혹 눈치 없는 나의 지인들이 '너 잘 지내느냐더라.'하고 전해주기도 하니까. 그러면 잘 쌓아온 줄 알았던 나의 공든 탑에 놓치고 비워둔 구멍들이 눈에 밟히니까. 그럼 다음 돌을 얹는 순간에도 그 구멍이 자꾸 신경 쓰여버리거든. 잊었던 감정이 쏟아내렸다 해서 여태 쌓아온 탑이 같이 무너지고 휩쓸리지는 않는다. 그저 내가 비우고 얹은 돌 사이로 마음이 스쳐 그 쏟아진 마음이 다 지나갈 때까지 온 마디가 쑤시고 괴로울 뿐이다.

모쪼록 굳이 답을 하자면, 잘 지내려고 노력 중일뿐이다. 눈 돌릴 틈 없이 바쁘게 지내보기도 하고, 에너지를 탕진해 아무런 일정을 잡지 않고 하

좋은 기억으로
남았으면 해

루를 공허한 채로 보내보기도 하였다. 이제 좀 숨통이 트인다고 할 수 있을 것 같다. 또 만약 내가 잘 못 지낸다고 한다 한들 그것은 당신이 그리워서가 아니다. 물론 그런 상처가 하루 이틀에 아물 문제는 아니다만, 그렇다고 해서 평생 안고 가야 할 상처라 생각하지도 않는다. 그저 나는 한 발한 발 나아가려 노력 중이다. 그러니 이런 식으로 내 옷깃 부여잡고 한마디 툭 던지지 않기를 바란다. 그때 못한 말들을 하고 싶다고도 하지 않았으면 한다. 그때 못한 것은 지금도 못할 말이었으면 한다. 이제 와서 그게 다 무슨 소용이람. 정 궁금하시면 인스타그램이나 염탐하시던가.

그 영화
예고편 나온 거
봤어?

아! 전에 공사중이던
B카페에 있던자리에
새로 식당이 생겼더라.

지하철에서
너랑 같은 향수냄새가
스쳐가길래

나도 모르게…
돌아봤지 뭐야..

혹시라도
너 일까 봐서…

좋은 기억으로
남았으면 해

혹시라도
너일까 봐

　네가 좋아하는 색깔의 예쁜 옷을 보고 문득 네게 참 잘 어울리겠다 생각해버린 일을, 길을 걷는데 너와 같은 향이 나서 돌아봤던 일을, 너와 함께 보면 좋겠다 싶은 영화의 예고편을, 맛있는 식사를 하고서 '여기 네가 좋아하겠다.'하는 생각이 들었던 나를 이야기하고 싶었어. 어쩌면 이미 흘러간 시간 속에 너는 나를 까맣게 지우고서, 다른 여자의 눈동자를 사랑스럽다는 듯이 바라보고 그 사람의 하루를 듣고 있을지도 모르는데 말이야. 아, 매일매일 하루를 마무리할 때 네가 없는 게 이렇게 낯설 줄이야. 시간이 꽤 흘렀다고 생각했는데도 이 낯선 느낌은 가실 줄을 몰라. 이 감각이 익숙해지기 전에 누군가에게 다시 나의 하루를 조잘거리고 싶어. 또 어쩌면 그게 다시 너라도 좋겠어.

scene 21 ---

84 좋은 기억으로
남았으면 해

내가 잠들지 못하는 것은 말이야

이 밤에 잠을 못 자고 가만히 천장만 보고 있는 건 오늘 낮에 마신 커피 탓이야. 네가 그때 했던 실수 같은 말들이 맘에 걸려 그런 것이 아니야. 생각이 많아서 그런 것이 아니야. 곁에 없는 네가 맘에 맴돌아서가 아니야.

좋은 기억으로
남았으면 해

네 생각이
났어

애써 노력하지 않아도 더 이상 전에 만난 사람에 대한 기억이 나를 괴롭히지 않게 되는 시점이 있다. 그때부터는 더는 마음을 다잡기 위해 책이나 영화를 보지 않아도 되고, 억지로 약속을 잡으려 아등바등하지 않아도 된다. 친구를 만나는 것이 자연스럽고, 그 시간이 더 이상 나를 혼자 내버려두지 않기 위한 행위가 아니게 된다.

그러다 문득 함께 지나던 길을 지나거나 같이 먹은 음식을 조우할 때, 불안은 찾아온다. 그런 마음은 대단한 순간에 찾아오는 게 아니다. 정말 사소한 것, 별거 아닌 순간에 커다란 파도가 되어 나를 덮친다. 대개 '그런 일이 있었지.'가 신호가 된다. 그렇다고 해서 많은 이별한 연인이 그렇듯 그를 다시 만나고 싶은 것은 절대 아니다. 지난 시간을 왜 그런 사람을 만났나 하고 후회하는 것도 아니다. 그 어떤 부정적인 마음은 남지 않았다고 생각했는데, 이게 이렇게까지 우울해질 일인가 싶다.

scene 23

보고싶어…

좋은 기억으로
남았으면 해

정말 괜찮다고 할 수 있을까

　남은 미련을 정리하기로 마음먹은 날의 술은 위험해. 입으로 넘기고 눈으로 배설하게 하는 그런 날이거든. 그렇게 마음도 함께 뱉어내 버리는 것만 같은 기분이 들지만, 때로는 마음을 뱉어낸 기억조차 잊게 하는 그런 날이야. 그렇게 배설한 눈물에는 아주 약간의 슬픔만 묻어날 뿐, 미련과 아쉬움은 여전히 내 안에 남아있어.

　미련같은 마음에도 분해효소가 있다면 얼마나 좋을까. 술을 잘하지 못하는 나처럼, 미련도 내 안에 남아 너를 오래도록 그리워할 것만 같아. 그렇게 내 안에 남은 미련이 산산이 부서져 모두 흩어져 버릴 때까지 나를 토하고 눈물짓게 하겠지. 그렇게 내 마음은 당분간 야위어 갈 거야. 그리고 이제 좀 살 것 같아지면, 그제야 다시 다른 사랑을 할 수 있겠지.

좋은 기억으로
남았으면 해

네가 남긴 마음

    너를 만나 헤어진 마음이 너무 너덜너덜해져 버려 적당히 걸어둘 곳이 없어. 어딘가 널브러져 누군가 알아줄 때까지 혹은 누군가 차라리 이런 내 마음을 버려줄 때를 기다리며 나뒹굴고 있을 뿐이야.

    있잖아. **나는 내 마음이 이 정도로 망가진 줄을 몰랐어.** 더 이상 바느질하고 덧댈 수도 없을 정도로 해어져 버려야 할 마음인 것을 알면서도 간직하고 있었거든. 네가 무신경하게 건네는 말들에 찔리고 찢겨 넝마가 되어도 좋다고 그저 괜찮다고 말해왔지. 그러다, 너는 닳아버린 나의 마음을 보며 이것은 더 이상 걸칠 수 없다며 돌아섰어. 너덜너덜해진 마음은 몇 바늘 꿰매는 정도로는 돌이킬 수 없으니까. 내가 지금 이 마음으로, 또 누군가를 끌어안을 수 있을까.

scene 25 -

미안,
이해해줘.
어쩔 수 없었어.

괜찮아.
신경쓰지
않아도 돼.

정말
괜찮아?

응····

좋은 기억으로
남았으면 해

안녕, 너를 사랑하던 때의 나

　온전한 나의 모습을 보일 수 있는 사람을 만나라는 말이 있더라. 그때 문득 네 생각이 나지 뭐야. 그리고는 과연 나는 너를 만날 때 있는 그대로의 나였을까 하는 생각이 들지 뭐야. 우습지. 근데 그게 참 어렵더라. 때때로 너에게 숨기고 싶었던 나의 얼굴이 있었고, 그걸 가리기 위한 표정을 지은 적도 있어. 하지만 밖에서는 짓지 못한 모습을 너에게만 보여줄 때도 있었거든. 그렇다면 우리는 사랑이 아니었던 걸까. 그건 나의 있는 그대로가 아니었던 걸까. 생각해봤어. 하지만 어딜 보아도 그건 나였어. 그냥 너를 사랑하고 있는 나였어. 너에게 약한 모습 보이고 싶지 않아 냉정한 척 하는 것도, 그러다 무너져내려 울어버리는 모습도, 질투심에 너에게 모진 말을 뱉는 것조차 그냥 나였어. 부족함 투성이의 나는 다른 사람인 척 연기한 적이 없었던 거야.

　안녕, 너를 사랑하던 때의 나.

저기요—

무슨 일이시죠?

그냥
당신과 이야기하고 싶어요.

좋은 기억으로
남았으면 해

어디가!

저기요!

당신의 곁에 있나요?

바쁜 사람들과 만나왔다. 아마 어떤 이유로든 나는 바쁜 사람들을 좋아했던 것 같다. 바쁘고 피곤할 텐데 굳이 불러내서 마주 앉았다. 그들은 휴식을 하고 싶다고 말했다. 누군가는 나와 있는 시간이 휴식이 되어준다고 하였고, 가끔은 그런 시간을 나는 미안해했다. 많이 지쳐있었지만, 항상 고마웠던 것 같다. 서로가 서로에게 고마웠고 미안했고, 우리는 대개 미안함이 고마움보다 앞섰다. 그래서일까 우리는 '영원' 같은 지키지 못할 약속은 함부로 꺼내지 못했다. 그리고 보면 지키지 못하리라는 것을 미리 알았던 것일까. 또 다른 누군가는 나에게 항상 스트레스를 털어놓았다. 하지만 나는 그의 휴식이 되어줄 수 없던 것 같다. 아마 그의 시간은 나에게 내어줄 틈이 없던 것 같다. 여유라는 것이 부족했던 것 같다. 아니 아마도 그냥 '나에게' 내어줄 여유가 없던 것이겠지. 어느샌가 나 또한 타인에게 나의 틈을 내어주는 것이 어려운 일이 되어버렸다. 내가 틈을 내어주기 어려운 만큼 다른 이에게 그의 틈을 허락받는 것은 더욱 어려운 일이 되었다. 언젠가 또 누군가와 서로의 틈을 주고받을 수 있을까. 또 그럴 수 있다면 과연 우리는 그 틈 속에서 따스한 관계가 될 수 있을까.

좋은 기억으로
남았으면 해

유통기한 지남

애정 열정

유통기한이
지났었네…

왠지 속이
별로야…

좋은 기억으로
남았으면 해

그렇게 지나간 연애

　사랑의 유통기한에 대해 너와 이야기한 적이 있지. 너는 어쩌면 그때 이미 나에게 우리의 만남의 유통기한에 대해 언질을 주고 있던 건지도 몰라. 그때의 나는 잘 몰랐어, 그게 무슨 말인지. 그러다 우리 사이의 공기가 텁텁해 오고 상한 우유처럼 맛이 변해버리고 서로의 맘속에 응어리가 지는 것을 느낄 무렵, 나는 그제야 관계를 정리할 준비를 시작한 것 같아.

　하지만 기한이 지나버리고서야 뒤늦게 준비를 시작한 탓일까. 기한이 지난 사랑을 미처 바로 버리지 못했던 대가로 탈이 난 나는. 마치 유통기한 지난 우유를 먹고 탈이나 트라우마가 생긴 어린아이처럼 다른 사람과의 사랑도 쉽게 소화하지 못할 것만 같은 불안 병이 생겨버렸어. 행여나 내가 또 유통기한을 미처 확인하지 못한 채 들이켜버릴 것만 같아서 겁부터 나고 말더라. 그렇잖아, 사랑의 유통기한 따위는 예측만 할 뿐 미리 확인할 수는 없는 거잖아.

좋은 기억으로
남았으면 해

어느새 잊어버렸어
너도 그 마음도

언젠가 같이 사는 고양이가 접시를 깨트려 씩씩대며 치우던 날이 있어. 이만하면 다 치웠겠지 하며 돌아서서 잊어버렸는데 다른 일을 하다 이상하게 손가락 끝이 너무 아파 자세히 들여다보니 눈에 잘 보이지도 않을 정도로 작은 유리가 박혔는지 어딘가 닿을 때마다 거기가 그렇게 따갑고 아프더라.

그게 마치 그때 네가 농담처럼 던진 말 같았어. 맘에 콕콕 박혀 잊고 있다가도 문득 생각이 나 내 마음을 찌르는 그런 말들. 이걸 어찌해야 하나 한참을 고민했거든. 내가 혼자 해결할 수 있는 것인지, 아님 병원에 가서 도움을 받아야 하는지, 혹은 그냥 어찌할 도리가 없이 이렇게 무뎌지길 기다리며 살아야 하는지 말이야. 근데 이상하지. 어느새 잊어버렸어, 너랑 같이.

좋은 기억으로
남았으면 해

하늘 창..

예쁘네..

아, 정말 날씨가 좋네.
하며 하늘을 올려보다 문득 당신생각
제 인생에서 당신의 부재도 언젠가는 익숙해지겠지요.

좋은 기억으로
남았으면 해

그때 쯤이면

너는 당신에 대한
글을 쓰지 않게 되겠지요.

좋은 기억으로
남았으면 해

혹여라도

당신을 그리워하는
지금을 그리워 하게 될까

두렵습니다.

그건 분명

당신에 대한
그리움이 아닌

내 마음에 대한

그리움이겠지요.

그것조차 없었으면 한다면
욕심이 과한 것일까요?

좋은 기억으로
남았으면 해

scene 30

좋은 기억으로
남았으면 해

혁!

콘텐츠 없음.

그때 들은 노래···

A가 추천한 노래

B카페에서 나오던 곡

그 가수···

NOW PLAYING 57

이런 정리도
필요한 가봐.
가끔.

좋은 기억으로
남았으면 해

가끔은
정리도 필요한가봐

    찰나의 실수로 여태껏 들었던 노래 플레이리스트가 사라졌다. 거기에는 일상의 시간들이 쌓여있었는데 말이다. OST나 BGM을 들으면 어느 영화나 드라마의 한 장면이 스쳐 가는 것처럼 어떤 노래를 함께 들은 누군가에 대한 추억도 있었고, 우연히 듣고 좋아서 힘들게 찾은 노래에 무척이나 기뻐했던 기억도 그 속에 있었다. 자주 듣지는 않아도 좋아하는 이의 추천으로 들어있던 곡들이, 또 저마다 다른 누군가에게 들려주고 싶던 노래들이었다. 앨범을 구매해야지만 노래를 들을 수 있었던 때에는 노래들을 잃어버릴 일이 없었다. 내 일상에 참견하기 시작한 노래는 닳고 닳아 더 이상 재생이 되지 않을 때까지 떠오르곤 했다. 어느덧 노래가 넘쳐나 발에 채고 또 그만큼 쉽게 잃어버리게 되었다. 반성의 마음을 담아 추억의 바다를 헤집는다. 그 속에 남아있는 사랑스러운 노래들을 찾아본다. 자주 꺼내듣지 않아도 소중했던 노래들을, 그리고 그에 깃든 그때의 시간을 잊어버리지 않도록. 어쩌면 당신을 영영 잃어버리지 않도록.

좋은 기억으로
남았으면 해

우리의 연애도
결국

보통의 것이었구나.

좋은 기억으로
남았으면 해

결국 보통의 사람,
보통의 연애

그런 거잖아. 의미란 담으려 하면 그는 한없이 노랫말과 꽃이 되기도 하고, 별거 아닌 셈 치려 하면 한낱 보잘 것 없는 존재가 되어버려. 나의 언어와 몸짓에 귀 기울여줘. 나의 행동 하나하나에 계속 이야기를 써 내려가 줘. 의미를 담고 내 몸짓 하나가 시 한 편이 되었다가 어느 날엔가 (달콤함이라고는 쏙 빼고) 우리의 연애가 끝이 난다 해도. 이별의 순간에도 혹은 그 뒤에도 너에게서 의미를 쥐어짜 낸 나는 한 권의 시집을 엮겠지. 너와의 연애가 남긴 시집에서 사람들은 어떤 의미를 읽을까. 그 한 권은 어떤 감정의 잔재가 가장 많을까. 많은 사람이 그 책에 공감한다면 나는 좀 슬플 것 같아. 우리 연애가 아주 특별할 것만 같았거든. 그리고 그렇게 알아가겠지. 너도 결국 스쳐가는 보통의 사람 중 하나였듯, 우리의 연애도 결국 보통의 사랑이었구나.

그 사람 생각해?

응?

응.. 보고 싶네.

근데 보고 싶으면 다 사랑인가?

그렇지 않나?

그런거면 안보고싶어하고 싶기도하다.

왜?

좋은 기억으로
남았으면 해

좋은 기억으로
남았으면 해

먼저 터져버린 것은
꾹꾹 눌러담았던
내 마음이었다.

나는 달아나는 마음들을
한참이나
내버려두었다.

울지도
잡지도
못한 채.

좋은 기억으로
남았으면 해

이윽고 마지막 하나 남은
미련이 사라지고서야

마음이
가벼워졌다.

128   좋은 기억으로
           남았으면 해

고마웠더라,
우리의 시간들

나의 20XX년은 너였어. 너라는 단어 없이는 나의 인생에서 어느 1년이 송두리째 사라지는 것과 같아. 그때는 내 사사로운 감정과 모든 행동의 인과관계의 중심에는 네가 있었어. 네가 없이는 설명되지 않는 그해를 떠올리면 이제는 아프기만 한데, 아프다고 해서 너를 빼버리면 그 한 해는 써 내려갈 말이 없더라. 정말이지 한마디도 떠오르지 않아서….

그런 일은 마치 내용을 잃어버린 책과 같다고 생각했어. 그래서 나는 너를 천천히 써 내려가기로 맘먹었어. 지금은 너를 이야기하는 게 아파서 엉망진창으로 쓰고 있는 나의 1년이지만, 언젠가 그 한 권을 집어 들어 다시 차곡차곡 써 내려가고 싶어. 정확한 문법과 예쁜 말들로 그때의 좋았던 기억들을 써 내려가고 싶어. 너를 원망하지 않는데, 지금의 상처에 휘둘려 나쁘게만 적어내고 마는 시간을 다시 예쁜 말들로 채우고 싶어. 그때는 아마 우리의 시간이 남긴 그것을 추억이라 말할 수 있겠지. 나의 20XX년에는 너와 함께한 온기가 있었어.

좋은 기억으로
남았으면 해

좋은 기억으로
남았으면 해

♥ 7日

♥ 56日

HA
HA
HA

♡ HER

♡ ◯   , , ,

HER 줄곧 네가 그리웠는데, 지금 돌아서 보니
네가 곁에 있을때 나보다 지금의 내가 좋아.
안녕.

어?
나 지금 괜찮은가?

잘못 걷고
있는 것 같아..

다들 제 길
찾아가는데..

좋은 기억으로
남았으면 해

늦었나…

갔네…

다
내 탓이야.

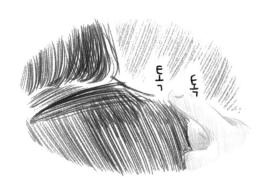

괜찮으시면
저랑
걸으실래요?

좋은 기억으로
남았으면 해

그 길 어딘가에서 만나자

　잘 걷고 있다가 문득 걷는 법을 잊은 듯한 기분이 드는 날이 있다. 어딘가 내 걸음걸이가 어설픈 것만 같고, 내가 원하는 방향으로 가는 것이 맞는 것인지 무릎이 정확한 각도로 구부러지며 걷고 있는지 고민에 사로잡힐 때가 있다. 그런 생각에 빠지더라도 결국 우리는 도착지에 도착하기 마련이고, 내 걸음걸이가 걱정이라 해서 약속에 늦는 일은 없는 것이 보통이다.

　가끔 보면 너와 나도 그렇다. 삶이란, 목적지를 두고 있다 하더라도 그것은 아주 멀고 희미해 한 방향으로만 나아가게 되는 것은 아닌지라. 이리 채고 저리 채기도 하고 가끔 어딘가 잘못된 길을 들어 정체에 빠지기도 한다. 하지만 길을 잘못 든 것이지 네가 아주 잘못된 것이 아니다. 실패한 것이 아니다. 안개가 끼고 잠시 등대의 불빛을 잃어버렸다 해서 육지에 닿을 일이 평생 없지는 않을 거라는 말이다. 네 속에 있는 우울이라는 파도가 너를 집어삼키게 내버려두지 않는 이상 늦더라도 너는 뭍에 닿을 수 있다. 물론 고민에 잠겨 걸음이 느려지다 보면 약속된 시간에 도착하지 못할 수도 있다. 하지만 약속의 상대가 네 걸음을 기다려주지 못했다면 그저 그 정도의 연인 것이다. 그리고 때로는 그 느린 걸음이 다른 인연을 가져다주기도 하는 것이 삶인지라. 그렇게 여러 사람 스쳐 보내다 보면 생각에 잠길 때마다 걸음이 느려지는 네 보폭에 맞춰 걸어주는 그런 사람을 만나기도 하는 그런 것이 사는 것 아니겠는가. 혼자 걷는 길이 조금 외로워도 당신 잘 가고 있다.

좋은 기억으로
남았으면 해

이쪽도
가꿔 보시면 어때요?

저는

자신이 없어요.

어쩌면
연애의 계절도 돌아오겠지요

　지금의 내게 있어 연애를 하고 사랑을 한다는 것은 이제 겨우 안정을 찾고 평화로워진 내 삶에 소중한 것을 하나 더 늘린다는 것이다. 막연하게 소중한 것이 하나 더 늘어나면 더욱 행복하지 않을까 싶은 생각이 들기도 한다. 그러나 여태껏 나는 내 소중한 것들을 지켜내기 위해 얼마나 힘써왔고, 그러는 동안에 얼마나 많은 소중한 것들을 잃어왔는가. 지금보다 조금 더 어렸을 적에는 그저 치기에 소중한 것을 늘리는 것이 마냥 좋았다. 그것이 비단 연애나 사랑이 아니라, 친구나 장소, 나누고 싶은 맛있는 음식, 좋은 인연들 그 모두가 좋았다. 그러나 때로는 나만 알던 맛집이 없어지기도 하고, 아끼던 사람들과 틀어지기도 하고, 오해나 불만과 같은 감정으로 범벅되어 나라는 영역에 들어오기 전보다 못한 사이가 되기도 하였다.

　그것이 어디 하루 이틀 일이랴. 사람에게는 누구에게나 수도 없이 일어나게 될 일이다. 그 사람이 제아무리 잘나고 좋은 사람이라도 모든 이와 잘 맞을 수는 없으니까. 그것은 막을 방도가 없다. 단순히 내가 잘해서

좋은 기억으로
남았으면 해

될 것도 아니고, 정말 별거 아닌 일로 기가 막히게 틀어지기도 하는 것이니까. 그러다 이제 겨우 안정을 찾았는데, 힘들게 내 사람들과 내 공간, 내 시간, 나의 사랑하는 일에 집중할 수 있게 되었는데. 이 잔잔한 호수에 누군가 돌을 던져 마음이 일렁이게 되는 것이 참 어렵다. 그렇게 어렵게 마음에 들인 이와 겪게 될 과정보다 무서운 것은 또다시 그런 식으로 잃을까 봐. 그렇게 내 평화가 무너지는 것이 두렵다.

올해도 그냥 가겠네.

가을 타면
연애하겠지.

외로우니까ㅎㅎ

근데
연애를 하면
안 외로운가?

외롭지 않았다면
안 만났을 관계,
서글프지 않아?

외롭지 않아도
함께 있고 싶은
사람을 만나고 싶어.

좋은 기억으로
남았으면 해

외롭지 않아도
함께 있고 싶은 사람을
만나고 싶어

한 번쯤 들어봤던 말일 것이다. 봄 타면, 가을 타면 연애하게 될 거야. 겨울에 옆구리 시리고 외로우면 연애할 거야. 그런 부류의 말. 언제부터 사랑이 외로움의 대체재였는가. 사랑은 외로움을 해소해주는 존재가 아니다. 물론 연애 초의 설렘은 당신을 당장 눈앞의 외로움에서 구제해주는 듯한 기분이 들게 할 수도 있다. 하지만 연애가 외로움의 대체재라면 연애해도 외로운 날들은 어떻게 설명할 수 있겠는가. 사랑해도 외로워진다면 더 이상 사랑이 아니라고 할 것인가? 그럼 또 눈을 돌려 다른 사랑을 찾아 나설 것인가? 그렇다면 그 사랑해도 외롭던 시간을 극복하고 설렘으로 가득하던 이전과는 또 다른 뉘앙스의 연애를 찾아가는 연인들은 사랑이 아닌가? 누군가는 내게 바보 같다 할지 모르지만, 외로움에 기대어 하는 사랑은 하고 싶지 않다. 이렇게 말은 하지만 내가 누군가의 사랑에 빠지는 경위가 외롭기 때문은 아닌지 하고 불쑥 걱정이 든다.

나 아마도
그 애를 좋아하는 것같아.

근데, 모르겠어.
그냥 그 애가 좋은건지.
걔가 좋은 사람이어서인지.
혹시,
그냥 누구든 좋아하고싶던건 아닌지.

끔찍하다….

좋은 기억으로
남았으면 해

내 마음이 그래

　나 그에게 고백을 받았어. 근데 이상하지 그 날은 너무나도 끔찍했어. 내 마음 또한 좋아하는 마음인데도, 그간 못난 모양새일 거라 지레 생각하던 질투나 집착과 같은 부류의 마음이 아닌데도, 이렇게나 끔찍할 수가 있을까 싶더라. 그래서일까, 너는 어떻게 생각하냐는 그의 질문에 나는 아무런 대답도 하지 못한 채 입을 다물고 말았어. 내 마음이 어쩌면 순수하고 어여쁜 그저 그를 좋아하는 마음이 아닐지도 모른다고 생각하니 그때부터는 모든 게 어려워. 좋아한다는 말도, 보고 싶다는 말도 그냥 그를 보는 시선조차도. 내 마음의 모양새에 신경 쓰지 않고 누군가를 힘껏 좋아하던 때도 있었던 것 같은데. 그것이 못난 모양일지언정, 아니 어쩌면 사랑이 아니었을지도 모르는데. 어쩌면 지금 이 마음이 사랑일지도 모르는데. 고민이 시작되었고, 자꾸만 나는 누군가를 좋아하기엔 아직 좋은 사람이 못 된다는 생각만 들어.

좋은 기억으로
남았으면 해

마음을
지피는 일이 그래요

나에게 있어서 인연이란 언제나 그랬다. 새로이 지펴지는 마음은 늘 두근거렸지만, 처음 서로의 두 눈에 불씨가 일었을 때의 두근거림은 언젠가 타고 남은 불쏘시개와 같이 힘을 잃어갔다. 마음이 당연한 것이 되어버리는 순간, 우리는 마음에 마른 장작을 넣어주는 것을 잊곤 한다. 또 가끔 마음에서 피어오르는 매캐한 연기에 그 불씨가 싫어지기도 한다. 그러다 보면 그것과 멀어져 어쩌다 꺼져가는 불씨를 발견하여 허겁지겁 젖은 장작이라도 던져 넣어보기도 하고 그냥 그대로 재가 되도록 모르기도 한다. 또 어떤 이는 마음을 지피는 데 능숙해지기도 한다. 그에게 있어서 마음은 무엇일까. 마음을 지피는 일은 능숙해지기도 하지만 그럼에도 불구하고 꺼져가는 불씨를 보는 일은 언제나 새롭고 어렵기만 하다. 익숙해지지 않는 일도 있다고 늘 생각하곤 한다. 꺼져가는 마음은 늘 매캐한 연기와 텁텁한 잿더미를 남긴다. 그것들은 누군가의 눈에서 눈물이 나오게 하고, 마음마저 시커멓게 만들곤 한다.

있잖아. 우리 마음을 지피는데 너무 익숙해지지 말자. 마음을 지피는데 쉬워지지 말자. 늘 처음처럼, 처음 마음을 태워보는 사람처럼. 마음을 꺼트리는 게 그렇게도 쉽지 않은 것을 아는데, 너무 쉽게 타오르지 말자.

좋은 기억으로
남았으면 해

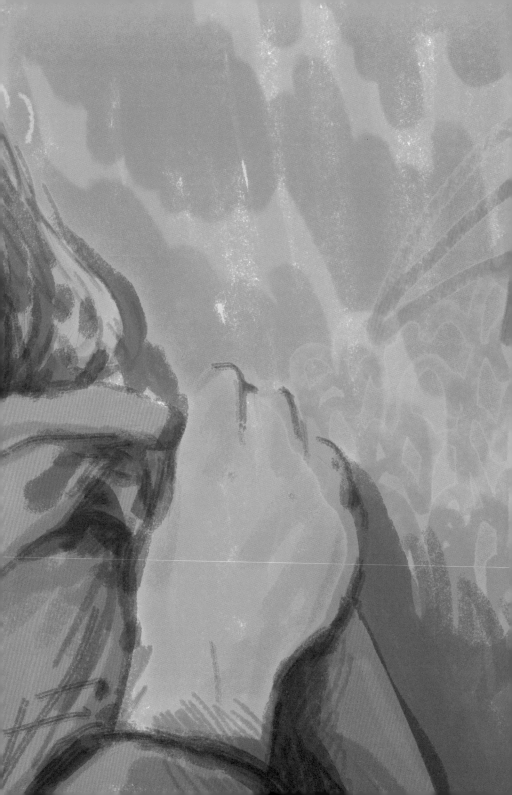

아‥ 다 싫어.

다시 사랑할 수
있을 테니까

진짜 갔나?

또 올까?

다시 사랑할 수
있을 테니까

새로운 관계를 시작하려는 당신에게

보드라운 잎과 싱그러운 빛으로 가득하던 마음은 어느새 시들어갔다. 아니, 이만큼이나 공허를 안겨준 것을 보면 빛을 잃은 것은 어쩌면 한참 전인지도 모르겠다. 덕분에 나를 채우던 마음은 어느새 거무죽죽한 잎새 몇 장 떨어져 있을 뿐 텅 비어있다. 아무것도 공허를 채울 수 없을 것만 같아 그저 나도 그 잎새들과 같이 널브러져 있었다. 나도 그 마음들과 같이 시들어 좋은 노래도, 좋은 영화도 책도 아무것도 나를 채울 수 없을 거라 생각했다. 그런 마음에 누군가 문을 두드렸다.

"저기요."

그는 섣부르게 내 마음에 파고들지 않았다. 그저 문을 두드릴 뿐이었다.

"문을 열어주기 곤란하시다면 다음에 다시 올게요."

내 마음에 들어온 것은 그가 아니었다. 그저 그 노크 소리와 목소리, 공간을 채울 수는 없는 흩어져버린 소리들뿐이었다. 공간을 채우진 못했지만 그 소리에 그저 지쳐있던 나는 문득 다시 나무를 심기로 했다. 좋은 소리로, 말들로, 이야기들로 나를 채워 그가 다시 돌아왔을 때는 무성히 자란 예쁜 마음속으로 그를 들일 수 있도록 나무를 심기로 했다. 언제 오더라도 당신의 좋은 쉼터가 될 수 있게.

다시 사랑할 수
있을 테니까

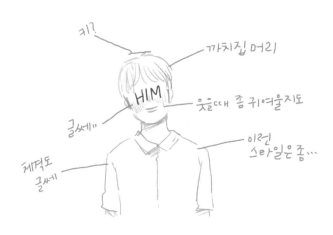

키?

까치집 머리

웃을때 좀 귀여울지도

글쎄"

이런
스타일은 좀...

체격도
글쎄

HIM

글쎄"

잘 생기거나
대단한 사람은
아닌데,
내 취향도 아닌데

그냥 —
좋아.

다시 사랑할 수
있을 테니까

그냥 좋아

솔직하지 못하던 때가 있었다. 누군가를 좋아하는 게 쉽지 않았다. 그 사람이 좋아해도 되는 사람인가에 대해 하나하나 스스로에게 따져 물었다. 기분 좋은 목소리를 가졌는가, 키는 큰가, 주변 사람들의 평은 어떤가, 어떤 일을 하는가, 취미는 무엇인가. 좋아하는 데에도 이유가 필요했던 것이다. 내가 좋아한다는 사실 하나면 충분한 것을 남들이 납득할 만한 명분 없이는 사랑에 빠질 수 없었다. 지난 시간을 돌아보면 그렇게 스쳐보낸 옷깃이 몇이나 되는가. 과연 그중에 진짜로 내가 사랑에 빠질 사람이 단 하나도 없었다고 나는 단정할 수 있는가. 나는 과연 사랑에 빠지기에 적합한 조건의 사람인가. 다시 한번 그때로 돌아간다면 솔직하게 말해주고 싶다. 아주 많이 좋아한다고. 곁에 있고 싶다고. 어떠한 명분도 이유도 없지만 나는 그냥 네가 좋다고. 오늘도 돌아갈 수 없는 시간에 못다 한 말들을 흘려보낸다.

K씨도 냥냥즈
좋아하세요?

죄송해요,
엿보려던 건 아닌데

다시 사랑할 수
있을 테니까

다시 사랑할 수
있을 테니까

당신, 그거 좋아해요?

우리의 만남이란 서로 다른 개체가 만나 교집합을 만들어가는 것이 아닐까? 사소한 공통분모로 시작해 웃음이 터지고, 나는 나의 일부를, 너는 너의 일부를 나누는 그런 것 말이야. 네가 좋아질수록 나는 나의, 너는 너의 좋아하는 것들을 함께 나누고 싶어 하게 되겠지. 취미든, 음식이든, 그 어떤 것이라도 말이야. 또 서로가 편해진다면, 더욱 솔직해진다면 말할 수 없을 것만 같던 진심, 비밀, 과거 따위를 말하게 될지도 몰라. 그것을 서로 이해하고 받아들인다면 우리라는 교집합은 더욱 가깝고 단단해지겠지. 그러나 때로는 모든 것을 함께할 것만 같던 관계라도 준비되지 않은 마음속의 말들이 있고, 받아들이기 힘든 서로의 습관이 있기도 해. 어떤 만남은 서로의 그런 모습에 왜 그 나머지를 함께 나누지 않냐며 진저리 치기도 하고, 어떤 경우엔 우리의 교집합은 겨우 이 정도라며 돌아서기도 하지. 그치만 말이야. 그런 모습마저도 서로가 인정하고, 그것 또한 우리라는 집합이 가진 일부의 모습으로 받아들인다면, 우리는 조금 더 나은 관계가 될 수 있을지도 몰라. 완벽하게 들어맞지 않아도 충분히 우리의 교집합은 예쁜 모양이야.

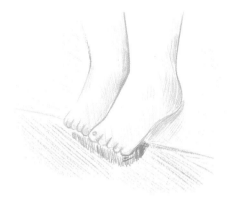

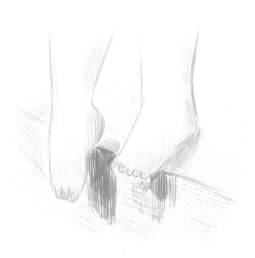

다시 사랑할 수
있을 테니까

다시 사랑할 수
있을 테니까

우리는 사랑일까?

　한 발만 내딛으면 사랑인 마음이 있다. 관계란 그때부터가 어렵다. 이것은 핑계인 것을 알지만, 사랑에 빠지는 것이 힘이 든 이유는 사랑을 하게 되면 처음엔 오로지 내 마음을 알아주기만 해도 감사할 것 같다가도 너에게 내가 기대하게 될 것을 알기 때문이다. 내 기대에 네가 미치지 못하였을 때 실망하고 너를 압박하게 될 것을 아니까. 너무도 사랑하는 너를 힘들게 하는 것이 다름 아닌 내가 될 것이라는 게 너무 두렵다. 그것을 감내해가는 것 또한 사랑의 모습인 것도 알지만, 네게만큼은 좋은 모습만 보이고 싶은 이 욕심은 언제쯤 끝이 날까.

다시 사랑할 수
있을 테니까

다시 사랑할 수
있을 테니까

그러니까 내가 너를 위해
할 수 있는 건 말이야

'나만한 사람 없을 걸'이라는 말은 못 하겠어. 나만큼 널 사랑하는 사람은 없을 거라는 말도 못 하겠어. 평생 행복하게 해준다든가 변하지 않겠다든가 하는 훤히 보이는 거짓말 같은 것도 나는 잘 못하겠어. 내가 네게 할 수 있는 말이라고는 고작 겨우 쥐어짜낸 널 좋아한다는 진심 한 마디뿐인데. 고작 그것밖에 안 되는 말로 나를, 내 진심을 믿어달라 하는 게 너무 어쭙잖은 일이지. 그럼에도 내가 확신할 수 있는 단 한 가지는 내가 널 좋아한다는 마음만큼은 진심이라는 거야. 이 작은 진심으로 네가 내 사람이 되어준다면 너를 계산 없이 사랑하고, 우리의 사랑이 조금 엇나가는 날이 있어도, 혹 우리의 사랑이 영원하지 않더라도 그 어느 마지막 날까지 우리를 위해 노력하겠다고 그것만큼은 약속할게. 내가 할 수 있는 것이라고는 네 마음에 귀 기울이고 우리의 진심에 노력하는 것 단지 그것뿐인지라. 진심이 별것이 돼버린 것 같은 세상에 너 하나 내 곁에 있으면 내 마음은 환해질 것만 같은데, 가진 것 없고 치장할 줄 모르는 사람이라 내 진심을 알아주길 바라는 것이 너무 큰 욕심은 아닐까 덜컥 겁이 나.

다시 사랑할 수
있을 테니까

아, 그때
그런 얘기했구나,
이 사람.

그래서 이러…

근데,
뭐

다시 사랑할 수
있을 테니까

어쩌면 네가
좋아진 것일지도 모르겠다

미녀(혹은 미남)이라고 여겨지는 생김새는 대체로 그 나라, 그 민족의 고유한 외모와는 조금 다르거나 대다수의 사람이 하기 힘든 생활상을 유지해야 만들 수 있는 모습인 것 같더라. 혹은 자신의 콤플렉스를 보완할 수 있는 특징을 가진 사람들을 미인으로 여기고들 하지. 그렇다면. 너는 과연 나와 어떤 다름이 있었기에 내가 널 좋아하게 만든 것인가. 줄기차게 주위 사람들에게 '나는 이런 사람을 만날 거야' 하던 얘기들이 네 앞에서 와장창 무너지고 마는 일은 어떻게 일어난 것인가. 여태껏 만났던 '만나고 싶은 부류'의 사람보다 너와 보내는 시간들이 더 즐거운 이유는 무엇인가. 너의 얼굴을 눈 씻고 뜯어보아도 잘 모르겠다. 너와 대화를 하면서 너의 말에서 찾아보아도 모르겠다. 도무지 모르겠다. 그 마음의 기원을. 어쩌면 이럴 땐 그냥 사랑에 빠져서 멍청해지는 것도 괜찮은 일일지 모르겠다.

다시 사랑할 수
있을 테니까

모냐?

쉬잇

쳐다보다
눈 마주쳤어.

창피하잖어.

다시 사랑할 수
있을 테니까

난 감정을
잘 숨긴다고.

지금 얼굴에
다 티나.

음

다시 사랑할 수
있을 테니까

나는 당신을 볼 때의 내 얼굴을 몰라요. 마음이란 게 그래요. 감추고 싶다가도 먼저 알아줬으면 싶기도 해요. 내 표정을 읽어줘요. 당신 그런 거 잘한다고 했잖아요. 나는 지금 어떤 표정을 짓고 있나요?

scene 49 -

다시 사랑할 수
있을 테니까

다시 사랑할 수
있을 테니까

궁금해서 그래

사람들은 저마다 감정을 말로 뱉기 전에 보내는 신호들을 가지고 있어. 화를 내기 전 30분 가량은 입을 앙다문 채 조용해진다든가, 눈을 맞추는 일을 거부하는 것과 같은 것이지. 그래서 그래. 사람들은 상대방이 말로 하여금 뱉은 적 없는 감정에 대해 의심하기도 하고 기대를 품기도 해. 어느 짧은 순간에 느꼈던 눈빛이, 그때 잠깐 건네온 체온보다 조금 높은 온도의 언어들이, 그렇게 달구어진 손끝이 어쩌다 닿았던 그 순간이 사랑일지도 모른다 착각해버리지.

그때 알았으면 좋았을 걸. 그 모든 것이 내가 너에게 관심이 있어서 그랬어. 네가 내게 보내는 표정이나 말투, 몸짓 하나하나가 다 내게 소중해서 그랬어. 모두 다 의미를 담아 차곡차곡 겹쳐보면 어쩌면 그것은 사랑이라 부를 수 있는 것일지도 모른다 믿고 싶어 그랬어. 그냥 내가 네가 좋아 그랬어. 다 그렇게 믿고 싶어서.

다시 사랑할 수
있을 테니까

다시 사랑할 수
있을 테니까

당신의 것이라면 달게 받겠어요

　나는 마음 같은 거 좋아해요. 좀 불쌍하고 찌질하고 못나도 괜찮아요. 그 정도 사람인 게 어때서요. 타고나길 성숙한 사람이 어딨나요, 그렇게 아량이 넓어서 어떻게 사랑을 해요. 넓은 마음으로 연애하고 미련 없는 쪽이고 싶어서 언제든 버릴 수 있다는 마음으로 사랑하자 다짐하던 때가 있었는데, 늘 버려지는 것은 내 마음이더군요. 언제든 버릴 수 있는 사랑은 공허해요. 솜사탕처럼 달지만 손끝 온기만 닿아도 쪼그라들어버리곤 했죠. 사랑을 담았던 내 시간이 아깝지 않았으면 좋겠어요. 당신에게도 물론이구요.

　혹시라도 어느 날 내가 또 바보 같은 생각에 당신을 얼마든 내칠 수 있을 것처럼 굴지 모르겠지만 나는 절대 당신을 쉽게 놓지 않을 거예요. 우리 그렇게 사랑하기로 해요. 어쩌다 이 사랑이 끝나더라도 미련이 남지 않도록 서로 충실하기로 해요. 결국 완벽한 관계가 아니면 어때요. 이렇게 말했지만 그럼에도 미련이라는 게 좀 생기면 또 어때요. 그땐 그냥 우리 미련 말고 여운이라 생각하기로 해요. 다시 만나고 그런 건 하지 말고, 그냥 너무 오래 같은 자세로 서로를 바라보다 당신 곁이라는 자리에서 일어났더니 쥐가 좀 난 것뿐이에요. 감각이 무뎌지고 온통 거기에 집중하게 만들지만 금세 돌아갈 거예요. 말했죠, 나는 마음 좋아해요. 나를 좋아해 주지 않는다 해도 어쩌겠어요. 말해줘요. 그게 당신 마음이라면 상처 또한 달게 받을게요.

다시 사랑할 수
있을 테니까

네가 보는
난 어때?

다시 사랑할 수
있을 테니까

당신을 이야기해주세요

　당신이라는 책이 너무 좋아요. 첫 장을 넘기기 전 보이는 당신의 미소 가득한 표지도, 말머리에 쓰인 문장부터 한 줄 한 줄 쓰인 언어도 모두 무척이나 예쁘고 마음에 들어요. 당신이라는 책이 계속 계속 읽고 싶어 져요. 자꾸만 다음 내용이 궁금해요. 당신이 인생을 어떤 이야기들로 살아왔는지. 당신은 어떠한 방식으로 목차를 나누는지. 또 당신이라는 책이 어떤 장르를 담고 있는지. 그리고 그 이야기의 어디쯤인가부터 그러다 어쩌면 책의 결말에 다다르는 그 어느 순간까지 내 이야기도 간간히 읽을 수 있다면 좋겠어요. 그 이야기들이 이왕이면 행복한 말들로 가득했으면 해요. 내 이야기가 당신이라는 책에 쓰이고, 나라는 책에 당신이라는 이야기가 쓰이는 것. 너무 멋진 일일 것 같아요. 우리라는 책들을 하나의 시리즈로 엮어 또 다른 한 권을 만들어내도 좋을 것 같아요. 당신 생각은 어때요?

다시 사랑할 수
있을 테니까

쿵쾅 쿵쾅

쿵쾅 쿵쾅

다시 사랑할 수
있을 테니까

착각일 수도 있지만

빈 속에 카페인이나 알코올을 들이부으면 인위적인 두근거림이 시작돼요. 심장이 쿵쾅거리고 심하면 숨이 갑갑하기까지 하죠. 그럴 때 누군가 곁에 있기라도 하는 날이면 착각에 휘말리곤 합니다. 이것은 술이나 커피 때문이 아니라고 당신에게 호감이 있어 생기는 두근거림이라고 생각하고 말아요. 당신은 정말 매력적인 사람이 틀림없다고 착각을 하곤 하죠. 대부분의 경우가 착각에 불과할지라도, 나는 이내 그것이 사랑이라 믿은 채 당신에게 빠져들 거예요. 당신이 사랑이 아닐지라도. 혹시 내가 당신을 사랑이라 착각하고 있다면 나를 거두지 말아 주세요. 나는 이 관계에서 다시 한번 상처 받고 말 테니까요. 그럼에도 나를 거둘 것이라면 내가 이 사랑이 착각이었음을 모르도록 계속해서 나를 아껴주세요. 그러다 보면 어쩌면 그 관계는 정말 사랑이 될지도 모르겠네요. 이래서 교감의 정도를 떠나 곁에 있는 것만큼 무서운 애정은 없는 것 같습니다. 착각은 어느 순간에 찾아올지 모르는 것이거든요.

scene 53 --

맙소사.

나 네가 좋아.

다시 사랑할 수
있을 테니까

그렇게도 사랑을 시작하나 봐

고작 몇 살이지만 지금보다 어릴 땐 사랑은 다 그런 줄 알았어. 불타고 설레고 뭐 그런 거 있잖아. 별것 아닌 걸로 싸우는 것도 괜한 질투에 틱틱거리게 되는 것도 모두 사랑이라 생각했어. 내 감정이 하염없이 요동쳐야지만 비로소 사랑인 줄 알았어. 또 그런 거 있잖아. 첫눈에 뿅 하고 설렘이 느껴지고 뭐 그런 게 없으면 그건 사랑이 아니라 했어. 나는 그런 사람이라 느린 연애 같은 것은 없다고 비웃곤 했던 것 같아. 그때 나의 기준엔 그랬거든. 사랑이라는 것은 잔잔할 수 없는 거였거든. 그래서 사랑이 아닌 줄 알았어. 따뜻함에 물들어가는 마음 같은 건 없는 줄 알았으니까. 생각지도 못한 사람의 말투가 귀에 박히고, 그의 시선이 머무는 곳이 궁금해지고, 나를 향할 때 어떤 표정을 짓고 있는지 눈에 들어오는 그 모든 것이 그냥 내가 관찰력이 좋은 줄로만 생각했어. 처음 봤을 땐 몰랐던 작은 배려들이 하나 둘 눈에 들어오더라. 여태 쫓아가기 바빴던 인연들과 달리 내게 발맞춰 걸음을 걸어줄 사람이라는 생각이 무심코 들었어. 불타지 않아도 사랑이구나. 너는 사랑인지 모르겠지만, 나는 어느새 네게 빠졌더구나.

다시 사랑할 수
있을 테니까

이 사랑이
참 좋은데‥

지금으로도
충분한데.

내 착각이었거나
만나다
헤어지면 어쩌지

저

사귀자

다시 사랑할 수
있을 테니까

말하자면 네가 좋아

　모든 관계는 미지근한 시간을 거친다. 뜨겁게 불타올랐다가 점점 나에게 편안한 미지근한 온도에 도달하기도 하고, 0도에서 시작해 찬찬히 데워져 어느 순간 좋은 온기를 품기도 한다. 후자의 경우 조금 더 데워야 나중에 상하지 않지만, '딱 이 정도면 충분히 먹기 좋은데' 하고 금방 불을 꺼버리기도 한다. 때로는 관계를 요리하는 게 익숙지 않아서, 그저 한 끼로 충분한 관계라고, 그 정도로 만족스럽다 여길 수도 있다. 서로에 대해 미적지근하지만 그 정도 온기로도 즐겁고 좋아서 구태여 '내 손 잡아줘'라고 먼저 손을 내미는 것이 조금은 머쓱하게 느껴지는 그런 상태. 물론 내 사람이 되면 더욱 좋겠지만 서로를 공유할수록 싸움이 늘어날 것은 너무나도 당연한 일이니까 철저히 현재의 온기에 만족하고 '이후'를 생각지 않는 관계다. 철저히 이성적인 마음으로 거리를 두어 이런 정도의 관계를 유지하지만 그것이 정말 이성적인 판단일까? 어쩌면 지금 삼키는 이 관계의 미지근함이 들이키기 편하고 좋게만 느껴지겠지만 계속 미지근한 상태로 둔다면 여름날 상온에 둔 음식처럼 그 관계는 머지않아 상하게 될 것이다. 남은 마음을 최대한 버리는 것 없이 잘 소진하려 한다면, 때로는 팔팔 끓여 데워주고 어떤 때에는 잘 식혀 냉장고에 보관하는 시간이 필요하기도 하다. 미지근한 마음이라고 해서 후회가 없는 것이 절대 아님을 우리는 잘 알고 있다.

다시 사랑할 수
있을 테니까

너와 만나기로 한 시간보다 30분 선, 쏟아지는 햇살이 하나도 뜨겁지가 않다. 내리쬐는 볕이 이보다 찬란할 수가 없다. 심장은 쿵쾅거리고 재잘거리는 소리들이 귀를 간질인다. 너를 기다리는 동안 무얼 할까, 너를 만나면 무슨 이야길 할까, 어떤 표정을 지을까. 기다림이 어쩜 이렇게 즐거울 수가 있을까. 건널목 너머 보이는 너의 웃음을 보니, 너의 30분도 아마 나와 같은 마음이었나 보다.

다시 사랑할 수
있을 테니까

정말?

니가 전에 얘기한
그거 나도 찾아봤어!

그거 진짜
짱이지 않냐?

다시 사랑할 수
있을 테니까

네가 좋아하는 것들을
이야기하고 싶어

계속 계속 그런 것들을 듣고 싶어. 네가 좋아하는 것들을 이야기할 때
얼굴에 비죽 새어 나오는 웃음을 보는 일이 어느덧 나의 행복이 되어버렸
어. 별거 아닌 것들도 네 그런 얼굴이 보고 싶어 괜히 궁금한 척 되묻게
돼. 내 관심사가 아니었어도 괜찮아. 네 숨넘어가는 웃음소리를 듣는다면
나는 그걸로 좋아. 네가 사랑하는 것들까지 사랑하게 되는 나를 봐. 그런
것들을 사랑하는 네가 너무 좋아. 너의 좋아하는 것들이 끝임없이 솟아났
으면 좋겠어. 또 이야기해줘. 너의 말에 귀 기울일게.

다시 사랑할 수
있을 테니까

다시 사랑할 수
있을 테니까

다시 사랑할 수
있을 테니까

우리만의 언어가 있으면 좋겠어

　너와 내가 다른 언어를 사용하면 좋겠어. 물론 말이 통하지 않으면 그 것은 오해가 되기도 하고 자세한 진심을 전하기가 힘들지도 모르지만 그 래도 우리가 다른 언어를 사용했으면 좋겠어. 또 가끔 답답함도 있겠지만 그것도 어쩌면 괜찮지 않을까. 네가 내게 던지는 나를 속상하게 하는 농담 도 때로는 섭섭함에 저지르는 실수 같은 비아냥거림도 어쩌면 웃어넘기거 나 감싸 안을 수 있다면 하고 생각할 때가 있어. 네 진심이 아닌 농담들을 곧이곧대로 믿어버리는 일이 없으면 좋겠어. 물론 그런 실수 같은 말로 하 여금 서로를 상처 주는 것은 애당초 저지르지 않는 것이 더욱 좋은 일이겠 지만, 때로는 쏟아버린 말들은 이미 내 입을 벗어나버려 후회와 사과밖에 할 수 있는 게 없으니까. 그렇다고 한들 상처를 주었다는 사실은 변함이 없으니까. 우리가 언어에 가려 진심을 놓치는 일이 없으면 좋겠어. 누군가 들으면 미련하고 이기적이라 할지도 모르지만 서로 다른 언어를 사용하는 게 너무 힘들다면 우리 새로운 언어를 만들자. 너와 나만 아는 약속들을 만들자. 새로운 약속들을 항상 생각하고 간직하며 좋은 날들을 새기자.

다시 사랑할 수
있을 테니까

네 귓바퀴 모양이나

눈썹과 속눈썹 털이
어떤 방향으로 났는지.

입술을 어떻게
달싹거리는지.
같은 거.

다시 사랑할 수
있을 테니까

나만 알고 싶어

　　난 당신을 안아주고 싶어. 안기는 것도 좋지만, 당신을 감싸기에 나는 한없이 부족할지도 모르지만 그러고 싶어. 그러고 나선 당신을 꼼꼼히 볼 거야. 속눈썹이 어떤 모양으로 나있는지 눈썹의 끝이 어딜 향해있는지. 귀 뒤쪽의 머리칼들은 또 어떻게 정리되어 있는지. 그런 것들을 속속들이 알고 싶어. 당신만 나를 자세히 보는 건 치사하다고 생각해. 당신을 품에 안고서 당신에 대해 속속들이 보고 싶어. 당신이 눈을 깜빡이는 속도라든가, 숨을 쉴 때에 콧구멍이 움직이는 모습, 당신이 어떤 표정으로 말을 하는지, 그런 것들이 나만 아는 것이었으면 좋겠어. 욕심이겠지만. 당신을 스쳐간 다른 이들이 모르는 당신조차 찾아내고 싶어. 목덜미에 난 머리칼에 가려진 점 같은 거 있잖아. 누군가 이미 보았던 것이라도 내가 처음인 양 대해줘. 내가 뿌듯할 수 있게. 그러고는 쌤쌤이라고 치자. 내가 혼자 기뻐하는 것을 보며 바보 같다고 즐거워해도 좋아. 그걸 보는 당신도 즐거웠다면 비긴 거 아니겠어. 조금 바보가 되고 그래도 괜찮아. 그러니 그렇게 안고 있자. 부족하겠지만 약간의 찬바람은 내가 막을게. 당신은 내 마음이 식지 않도록 잘 거둬줘. 그냥 이렇게 안고 있자. 그냥.

다시 사랑할 수
있을 테니까

다시 사랑할 수
있을 테니까

그런 사람이 좋더라

　나는 내 인생에 눈 돌릴 틈 없게 파고들어주는 사람이 좋다. 오해는 없었으면 한다. 그것이 하루 종일 연락을 해서 내가 쉬지 못하게 한다거나, 나의 일에 대해 나서서 참견해주길 바라거나 그런 류의 것이 아니다. 나를 가만히 내버려두지 않고 괴롭히는 사람이 좋다는 이야기는 아니다. 또 나는 혼자 내버려두면 한없이 생각이 많은 사람이라 당신의 인생을 들여다보고 당신 때문에 불안해하지 않았으면 한다. 그런 것들 때문에 당신을 의심하느라 눈 돌릴 틈이 없고 싶지는 않다. 내가 바라는 내 인생에 파고든다는 것이란 그런 것이다. 어떤 식으로든 안 좋은 마음이 찾아오는 것을 막을 수는 없겠지만 내 인생에 뛰어들어준 당신의 손을 그저 잡고 있을 때, 내가 그 불행보다는 당신의 손이 주는 온기에 더 집중하게 되는 것이다. 당신의 따스함과 향기로 마음속이 가득 차 그 불행을 별것 아닌 것으로 여길 수 있는 것이다. 욕심일지도 모르지만 당신에게도 내가 그런 사람일 수 있다면 좋겠다.

다시 사랑할 수
있을 테니까

더욱 더 얘기해줘요

힘들 때 누군가 생각이 나고 기댈 수 있다는 것은 좋은 일이다. 또 어떤 이가 내게 와 힘들었던 일을 기대어주는 것 또한 그것대로 무척이나 고마운 일이다. 곁에 앉아 그날 기분을 불쾌하게 했던 자질구레한 너의 짜증 섞인 이야기를 듣는데, 나는 왜 그것들이 그렇게나 감사한지. 왜 자꾸만 네가 종종 이런 이야기를 내게 와서 해줬으면 하는지. 네게 좋은 일만 가득했으면 좋겠지만, 삶이란 꼭 그렇지도 않은 것인지라. 네 안 좋았던 기분이 나로 인해 조금이라도 덜어진다면 그것으로 좋고 고마운 일이다.

다시 사랑할 수
있을 테니까

다시 사랑할 수
있을 테니까

다시 사랑할 수
있을 테니까

너와 함께라면 무엇이든 어디든

느긋하게 여행을 하자. 여행 계획은 10개를 세웠지만 7개만 가게 되더라도 좋다. 새로운 풍경을 눈에 담는 것도 좋지만 가끔은 옆에서 함께 해주는 네 옆얼굴을 보는 것도 좋다. 또 그러다 서로의 눈을 바라볼 시간이 있다면 더할 나위 없이 좋겠지. 가끔은 눈에 보이는 이름 모를 아무 가게에 들어가 커피 한잔하며 어둠이 내려오는 창밖 풍경을 보는 것도 좋다. 발이 아프면 아직 그날의 일정을 채 마치지 못했더라도 숙소로 돌아와 지친 피로를 푸는 것도 좋다. 그러다 우연히 창밖으로 터지는 작은 불꽃놀이를 발견하기라도 하면 낯선 이에게 축복이라도 받은 기분이 드는 여행이 좋다. 또 불꽃놀이가 없다 한들 너와 내가 눈을 맞출 시간이 십 분 늘어난 것으로도 나는 좋다. 그런 것들을 너도 좋아했으면 좋겠다. 오롯이 너와 함께라서 좋은 여행이라.

다시 사랑할 수
있을 테니까

네가 나의 태양이야

　무작정 반짝반짝 빛나고 싶던 때가 있었어요. 내가 보석같이 빛이 난다면 그건 아마 깨어진 유리 조각에 반사된 그런 빛일 거예요. 착각하고서 주우려는 아무개의 손을 할퀼지도 몰라요. 하지만 상처받고, 상처를 주기도 하는 그 마음에도 당신이라는 태양이 드리운다면 그처럼 빛날 수가 있어요. 또 내가 밤하늘 달처럼 어슴푸레한 빛을 낸다면 그건 내가 밤잠을 설치고 있기 때문일 거예요. 그럴 땐 곁으로 와 함께 가로누워주세요. 팔베개나 자장노래는 해주시지 않아도 좋아요. 당신은 곁에 있는 것만으로도 위안이 되는 사람이니까요. 그것만으로도 나는 달콤한 잠을 잘 거예요. 작은 불을 켜놓고 자는 습관 같은 것은 당신이라는 빛 앞에서 무색할 거예요. 당신은 내가 빛이 되게 해요. 나는 태양이 아니라 혼자선 빛나지 못해요. 하지만 나, 당신과 마주하면 항상 당신이라는 빛을 가득 담아요. 그러고는 야광별이 되어 당신이 없을 때도 누군가의 발걸음을 비추어줄 거예요. 혹 누가 봐도 반짝이는 것은 아닐지 몰라도 당신이라면 나 항상 빛이 되어요.

scene 64 --

다시 사랑할 수
있을 테니까

scene 64

안아줄게

힘이 들고 지치는데 어디에도 털어놓기 어려울 땐 찾아와 내색만 한번 해줘. 그럼 그냥 꼭 안고 토닥토닥 해줄게. 캐묻지 않을게. 눈물 흘리더라도 좋아. 내 옷이 조금 얼룩지더라도 괜찮아.

너에게 위로가 될 수 있다면 그걸로 충분해.

공기는 적당히 상쾌하고, 걸으면서 나는 열이나 땀을

바로바로 식혀주는 적당한 온도 그 모든 것이 감사했다.

다시 사랑할 수
있을 테니까

와

대박..

너무
예쁘다.

다시 사랑할 수
있을 테니까

항상 고마운 당신에게

　폭풍전야. 뭐 그런 것일까. 곧 태풍이 온다는데 이상하리만큼 날이 좋고 기분이 좋아 한강변을 걸었다. 하늘의 빛깔이 너무 예뻐서 눈물이 날 것만 같았다. 공기는 적당히 상쾌하고, 걸으면서 나는 열이나 땀을 바로바로 식혀주는 적당한 온도 그 모든 것이 감사했다. 그렇게 하늘과 강변 풍경을 바라본 지 한참, 그러고 보면 좋은 날씨는 언제나 있었는데 이것들에 감사한 것은 대체 얼마 만인지. 감사는 해도 해도 놓치고 가는 것들이 발에 채고, 불평불만은 해도 해도 눈에 밟힌다. 눈에 밟히는 것은 가까이 없어도 그렇게 쉽게 거슬려 하면서 발에 채는 감사 거리는 어째 발에 닿아야지만 이것이 감사한 줄을 아는지. 그래서인가 보다. 감사하는 마음을 잊다 보면, 빈자리가 되고서야 아쉬워하게 되는 관계가 된다. 우리 서로에게 늘 감사하고 배려하자. 태풍이 오고서야 그때의 아름다웠던 하늘을 이야기하면 소용없는 거잖아. 이 많은 고마운 마음을 소용없는 것으로 만들지 말자. 지금의 상쾌한 공기와 아름다운 하늘을 함께 이야기하자. 끊임없이 나누자.

다시 사랑할 수
있을 테니까

이런 얘기를 하는 우리가 좋아

　낭비되는 시간이 좋다. 너와 얘기할 때의 그 낭비되는 단어들의 나열이 좋다. 불필요한 문장들, 이야기들, 가끔 너무 뜨거운 온도 혹은 조금 습한 공기 전부 합리적으로 생각하려 하면 이해할 수 없는 것들이겠지만 그것들이 너무 행복하다. 우리 사이의 이것들은 전부 공중으로 흩어지는 연기처럼 어쩌면 맥빠지는 것들이지만, 나는 무척이나 마음에 든다. 그 순간의 너의 웃음소리도, 웃을 때 보이는 치아, 나의 반응을 흘깃 살피는 눈동자, 타이밍을 살피는 둘 사이의 어떤 긴장감 그런 하나하나가 좋다. 그리고 가장 좋은 것은, 이러한 낭비가 아깝지 않아서 좋다. 너와 하는 낭비는 하나도 아깝지가 않아. 나와 계속 많은 시간을, 언어를, 감정을 낭비해줬으면 좋겠어.

다시 사랑할 수
있을 테니까

그래도 너를 사랑해

　누구에게나 남들에게 말 못 할 비밀 하나쯤은 있다. 비밀을 알려준다는 것은 마치 치부를 보이는 기분이다. 그것은 소중한 사람이기에 함께 나누기도 하고, 간혹 소중한 사람이라 말할 수 없기도 하다. 어떤 비밀은 나누면 달콤하다. 하지만 어떠한 관계에서는 언젠가 밝혀야 하지만 쓰기만 한 비밀도 있다. 그래서 아무리 달콤해도 그 달콤함이 내가 가진 쓴 맛을 이길 수 없을 것 같아 나눌 수 없을 땐 어쩌면 그 관계는 얼른 관두는 편이 낫다는 것쯤 우리들은 이미 알고 있다. 다 아는데, 놓을 수가 없던 때가 있다. 건강한 관계란 무엇인가. 서로의 민낯을 고스란히 보여주고도 좋은 사이를 유지하게 하는 것은 신뢰인가, 애정인가. 혹은 내가 알지 못하는 그 무언가인가. 또 어떤 사이는 굳이 비밀을 들추지 않는다. 비밀이 많지만 한없이 청량한 사이. 비밀을 공유하지 않는 것은 같은데 무엇이 너와 나의 사이와 다른 걸까. 너와 나와 내 안의 어느 비밀과 아마 너에게도 있었을 그 어느 비밀도. 어쩌면 아무것도 아닌 일이었을지도 모르는데. 무엇이 그렇게 두려웠을까.

이거
예전에
많이 신었는데…

신발장을 보니 뒷굽이 무뎌지고, 느슨해진 구두 한 짝이 나를 보고 있었다.
이 어여쁜 구두를 처음 산 날, 발 뒤꿈치에 새겨진 생채기를 아직도 기억한다.

다시 사랑할 수
있을 테니까

발 아프지 않아?

아프지~
그래도 예쁘니까
신은거지~

편한거 신고
나와도 되는데··

내가
예쁜거
신고 싶었어.

다시 사랑할 수
있을 테니까

편한 네가 나는 좋아

발이 아파도 좋아 그 구두를 자주 신었더니 흔히 길이 든다고들 하지, 어느덧 나와 구두 사이엔 상처 날 일이 없어졌다. 발이 편해지자 더욱 좋아 자주 신는 날들도 있었다. 그렇게 매일같이 신다 보니 어느덧 해지고, 가죽이 조금 벗겨지기도 하고, 굽은 돌이킬 수 없게 많이 상해버렸다. 그러다 다른 새 신들에 밀려 한 철 두 철 신발장에서 나를 기다리고 있었을 구두. 무뎌지고 바래진 마음에도 빛나던 날들이 있었다. 시간이 지나 바래고 늘어졌을지라도, 그 마음이 빛나던 시간까지 바래는 것은 아니다.

다시 사랑할 수
있을 테니까

두근

두근

두근

다시 사랑할 수
있을 테니까

다시 사랑할 수
있을 테니까

정말 사랑이었으면 좋겠어

그럴 때 있지 않아? 나쁜 일이 있던 것도 아닌데 어딘가 우울하고, 앞으로를 생각하면 괜히 불안한 밤. 유독 내 심장 소리가 크게 들리고, 기댈 곳이 없는 기분이 들어. 딱 누구 하나, 타인의 심장 소리에 기대어 잠들면, 그게 사랑인 양 착각할 것 같은 밤이야. 나는 절대 그런 착각 않는다 확신했지만, 그럴 수도 있을 것만 같은. 그것이 정말 사랑이기를 바라는 그런 밤이야.

교집합

우리의 만남이란 서로 다른 개체가 만나 교집합을 만들어가는 것이 아닐까? 사소한 공통분모로 시작해 웃음이 터지고, 나는 나의 일부를, 너는 너의 일부를 나누는 그런 것 말이야. 네가 좋아질수록 나는 나의, 너는 너의 좋아하는 것들을 함께 나누고 싶어 하게 되겠지. 취미든, 음식이든, 그 어떤 것이라도 말이야. 또 서로가 편해진다면, 더욱 솔직해진다면 말할 수 없을 것만 같던 진심, 비밀, 과거 따위를 말하게 될지도 몰라. 그것을 서로 이해하고 받아들인다면 우리라는 교집합은 더욱 가깝고 단단해지겠지.

그러나 때로는 모든 것을 함께할 것만 같던 관계라도 준비되지 않은 마음속의 말들이 있고, 받아들이기 힘든 서로의 습관이 있기도 해. 어떤 만남은 서로의 그런 모습에 왜 그 나머지를 함께 나누지 않냐며 진절머리 치기도 하고, 어떤 경우엔 우리의 교집합은 겨우 이 정도라며 돌아서기도 하지.

그치만 말이야. 그런 모습마저도 서로가 인정하고, 그것 또한 우리라는 집합이 가진 일부의 모습으로 받아들인다면, 우리는 조금 더 나은 관계가 될 수 있을지도 몰라. 완벽하게 들어맞지 않아도 충분히 우리의 교집합은 예쁜 모양이야.

다시 사랑할 수
있을 테니까

지금
니 얼굴이
좋아서

이따
보고싶어지면
떠올릴 수 있게.

우리가 매일 행복할 수 있는 나날을 살아가고 싶어.
생각만 해도 행복한 너와 함께.

다시 사랑할 수
있을 테니까

애는 A야.
A, 애는 B고.
인사해!

안녕하세요!

안녕하세요.

다시 사랑할 수
있을 테니까

솔직하게 말해줘요

　　나 이래 봬도 질투가 많아요. 나는 내가 이해심이 많은 줄 알았는데 질투 날 때에는 그렇게 표정 관리가 잘 안 되더라고요. 내 마음을 그렇게 흔들어놓고 어쩜 그렇게 태연해요. 당신도 내게 태연할 수 없었으면 좋겠어요. 네, 조금 유치하다고 해도 좋아요. 그 유치하고 조악한 날것의 마음이 좋은 게 사랑 아니겠어요. 왜 그렇잖아요. 우리가 아닌 다른 관계에서는 질투 같은 건 없는 거잖아요. 그게 보통 말하는 어른 같은 거잖아요, 근데 또 어른도 유치하게 만드는 게 사랑 아니겠어요. 당신 앞에서는 한없이 철없고 싶나 봐요 난. 어쩔 줄 몰라하는 그 날것의 당신 마음이 보고 싶어요. 그렇게 태연한 게 당신의 진심이라면 나는 삼키지 않겠어요. 며칠 동안 눈물을 삼키더라도 나는 당신을 안지 않을 거예요. 감추고 있는 거라면 손바닥을 펴고 내어 보여주세요. 그 손에 있는 게 나를 할퀼 사랑이라 하더라도 안을게요. 나를 좀 더 가깝게 생각했으면 좋겠어요. 참지 않았으면 좋겠어요. 왈칵 새어 나오는 그런 마음까지 안을게요. 내 두 손은 언제나 당신의 사랑을 받아낼 준비 되어있어요.

다시 사랑할 수
있을 테니까

눈높이를
맞추고
대화하는
습관이나

그러다
웃을 때 눈이 약간
감기면 그 눈에
담기는 것 같아.

그게 좋아.

당신의 대화법

　　대화의 중요성은 몇 번을 강조해도 부족하다. 그만큼 대화에 사용하는 언어는 정말로 중요하다. 'OO 씨'에서 '자기'라던가 '여보'로 옮겨갔을 때의 달콤함과 같은 것, 쓰다 보면 퇴색되고 잊어버리기도 하지만 그 찰나의 달콤함만은 이루 말할 수 없는 그런 것이다. 또 같은 마음에서 비롯된 말이라도 '너는 그게 문제야.'와 '나는 그게

너무 섭섭해.'의 뉘앙스는 너와 나를 찢어놓기도 하고 서로를 돌아보는 계기가 되기도 한다.

그러나 맹목적으로 언어를 좇다 보면 간혹 그런 것들을 놓치곤 한다. 네가 나를 '당신'이라고 불러줄 때의 목소리가 주는 온도, 눈높이를 맞추어 하던 대화, 그 속에서 끊이지 않던 우리의 웃음소리, 네 맑은 눈동자에 비친 사랑에 빠진 나. 그래. 어쩌면 그래서 눈을 맞추는 것 조차 스킨십이라는 말이 맞을지도 모른다. SNS나 메신저 같은 것들이 만연한 시대에서, 그 기호의 집합체에 가려 진심을 놓치기도 한다. 나는 그 문자들을 섞어 문장을 써 내려갈 때의 당신의 얼굴을 모른다. 대화에는 언어만 있는 것이 아니더라.

HIM

오늘 날이 춥대.
따뜻하게 입어요.

외투
챙겨 야겠다.

다시 사랑할 수
있을 테니까

다시 사랑할 수
있을 테니까

'오늘 날이 춥대. 따뜻하게 입어.'

저녁 외출이 있어 옷장을 열어 좋아하는 외투를 꺼내 입었는데 문득, 네게 나는 폭 안겼다. 지난 어느 날 너와 만나 밤 산책을 하던 그때, 추위를 많이 타는 네게 잠시 빌려주었던 그 옷에는 여전히 네가 남아있었다. 비록 바쁜 나날에 우리가 그 뒤로 만나진 못했지만, 나도 모르는 새 너는 여전히 내 곁에 머물러 있었나 보다.

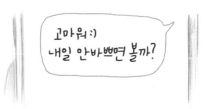

생각이 나서, 오늘은 네게 연락을 해야겠다.
오늘은 너와 다음 만남을 약속해야겠다.

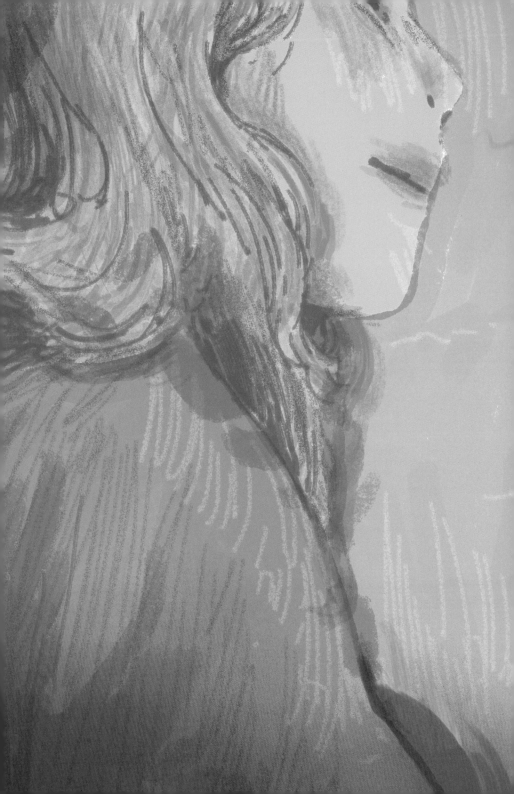

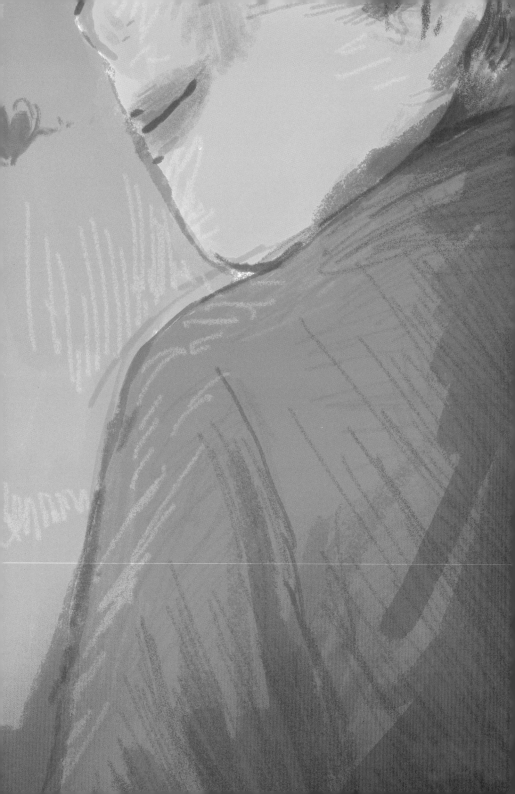

Epilogue

글을 쓰고 싶었다. 긴 소설을 쓰고 싶었다. 내가 원하는 마음의 흐름을 여느 소설처럼 멋진 만남도 있고, 때로는 오해와 엇갈림도 있고 어느샌가 그것을 극복하고 또 어떠한 순간에는 갈등에 빠지기도 하여 격양된 감정에서 헤어 나오지 못하기도 하지만, 결국 주인공들은 행복한 결말을 맞는다. 뭐 그런 뻔한 이야기라도 좋으니 긴 이야기를 적어내리고 싶었다.

그러나 내가 그런 긴 글을 쓰기에는 큰 벽이 존재했다. 말하자면 나는 그런 극적인 장면들을 좋아한다. 서로 간의 오해가 극적으로 치닫는 장면이라던가 혹은 잘 꾸며져 예를 들면 혼자 생각에 잠겨 물가를 거닐다(주인공이라면 남들처럼 화장실에서 똥을 싸면서 자질구레한 생각을 하기보다는 이런 설정이 필요한 것이 인지상정이라 생각했던 때가 있었다. 현실에서는 똥 싸다 나온 아이디어가 늘 채택되기 마련일지언정. 게다가 나는 어릴 때부터 수영장 모퉁이라던가 강변 같은 물가의 풍경과 수면의 반짝임을 사랑했다) 발을 헛디뎌 물에 빠졌다 수면 위로 올라왔을 때 마주하는 물결의 흐름이라던가 그 위로 부서지는 햇살, 온몸이 흠뻑 젖더라도 보기엔 조금 짜증을 내더라도 주인공은 사실은 불만이 없다. 그도 그렇게 그러한 일들 뒤엔 대개 설레는 만남이 있기 마련이기 때문이다. 그렇게 머릿속에 그려지는 장면들을 예쁘고 반짝반짝하는 단어들로 전하고 싶었다.

하지만 긴 글을 쓰려면 그런 극적인 장면만 연출되어서는 안 된다. 조금은 늘어지고 설명적인 장면도, 노골적이지 않은, 은근한 형태로 해결의 실마리가 되어줄 힌트를 주는 장면도 불필요해 보이지만 꼭 필요하다. 요컨대 나는 그런 장면들을 쓰는 데에 어려움을 느꼈던 것이다. 평온한 것들, 나른하고 기분 좋은 잔잔한 평소의 것들 그런 사소한 연결고리들을 쓰는 것이 어려웠다. 그것들에도 하나하나 의미를 부여하고 극적이거나 멋지지 않으면 답답함을 느끼곤 했다. 그리고 어쩌면 아주 늦게서야 긴 글을 위해서는 그러한 것들이 없어서는 안 된다는 것을 깨달았다. 그것들은 때로는 그저 복선이고, 때로는 그저 흘러가는 시간일 뿐이기도 하다. 이런 것들 없이 다음에 올 멋진 장면을 위해 조급하게 굴어서는 어쩌면 결말까지 3분도 채 걸리지 않을 것을 뒤늦게 알았다.

사람과 사람의 만남도 비슷한 면이 있다. 너와 나의 만남이 단편 연애가 될지, 장편 연애가 될지, 어쩌면 문맥 없는 어느 문장으로 끝이 날지 모르지만 우리 함께 사소한 이야기들을 채워나가면 좋겠다. 어쩌면 짧은 시들을 모아 시집을 엮어도 좋겠다. 그저 우리의 인연이 한 권 책이 되었으면.

mindacosa

이번 주말에는 당신을 만나야지

초판 1쇄 발행 2019년 03월 29일
초판 2쇄 발행 2019년 05월 03일

지은이 민다코사
그 림 민다코사
발행인 정영욱

책임편집 김 철 | **디자인** 김 철 김태은 | **편집 1팀** 김 철 김태은 정영주 정소연
기획 1팀 신하영 이현중 여태현 | **마케팅** 유채원 홍채은 김은지 김진희

펴낸곳 (주)BOOKRUM | **주 소** 서울특별시 구로구 구로동 237 지하이시티 1813호
전 화 070-5138-9972 (편집부) | **이메일** editor@bookrum.co.kr
홈페이지 www.moondeuk.com | **인스타그램** bookrum.official
포스트 http://post.naver.com/s2mfairy | **블로그** http://blog.naver.com/s2mfairy

ISBN : 979-11-6214-278-3

ⓒ 민다코사, 2019